KB265121

카우치서핑: '카우치'란 침대로 쓸 수 있는 긴 소파를 가리키는 영어이며, '서핑'은 찾는다는 뜻이다. 즉 잠자리 탐색이라는 뜻의 신조어인 '카우치서핑'은 여행자들에게 마음을 열고 잠자리를 제공하는 현지인들과, 그 마음에 감사하며 하룻밤 신세 지는 여행자들을 연결해 주는 인터넷 커뮤니티 및 그 행위를 가리킨다.

카우치서핑
세상 모든 불빛이 나의 집이다

초판 1쇄 펴냄 2013년 8월 2일

지은이 김광섭
펴낸이 고영은 박미숙

편집이사 인영아 ㅣ 편집장 이준희ㅣ 편집 장은선
뜨인돌기획팀 박경수 강은하 김현정 김영은 장은선 홍신혜
뜨인돌어린이기획팀 이경화 여은영 ㅣ 디자인실 김세라 오경화
마케팅팀 이학수 오상욱 진영수 김은숙 ㅣ 총무팀 김용만 고은정

펴낸곳 세상의모든길들
출판등록 1994.10.11(제2011-000185호)
주소 121-896 서울시 마포구 성미산로 6길 45
홈페이지 www.ddstone.com ㅣ 블로그 blog.naver.com/ddstone1994
대표전화 02-337-5252 팩스 02-337-5868

ⓒ2013 김광섭

ISBN 978-89-5807-456-4   03810
(CIP제어번호 : CIP2013012767)

＊세상의모든길들은 뜨인돌출판(주)의 여행책 전문 브랜드입니다.

카우치서핑
: 세상 모든 불빛이 나의 집이다

couchsurfing

김광섭 글 사진

세상의
모든길들

차례

야오마, 나의 첫 카우치서핑 호스트

약속 시간인 열 시까지 아직 삼십 분이나 남았다. 캄캄해질 대로 캄캄해진 밤, 지나가는 터키 사람들이 날 힐끗힐끗 쳐다본다. 10월, 이스탄불(Istanbul)의 날씨는 제법 쌀쌀했다. 바다를 중심으로 서쪽에 위치한 유럽 지역의 선착장 근처라 그런지, 점점 더 바람이 차가워지고 있었다. 오전 날씨가 좋았고 자전거로 이동할 거라서 반바지를 입은 게 후회되기 시작했다. 그녀의 집은 동쪽에 위치한 아시아 지역인데 유럽 지역에서 중국어를 가르치고 있단다. 마침 수업이 있는 날이었기 때문에 이곳에서 만나서 가기로 정한 것이다. 나의 첫 번째 카우치서핑 호스트는 야오마라는 이름의 중국 아가씨였다.

처음으로 카우치서핑을 통해 호스트를 찾자니 결코 쉬운 일이 아니었다. 카우치서핑 사이트에 접속해 이스탄불에 있는 호스트들을 검색했더니, 수천 명이나 되는 호스트들의 리스트가 나왔다. 이중에 누굴 골라야 할지 막막해하는데 화면 좌측에 필터링 시스템 메뉴가 보였다. 필터링 시스템을 사용하면 성별, 나이, 언어, 호스팅 가능한 사람의 수 등등 여러 방법으로 내가 원하는 호스트를 찾아낼 수 있다.

얼마 전 인터넷에서 본 '한류 유럽 열풍'이라는 기사에 힘입어 '언어' 란에서 한국어를 선택한 후 필터링을 해 봤더니 겨우 일곱 명의 호스트가 남았다. 그중 둘은 한국인이었고 나머지 다섯 명이 터키 사람들이었다. 공통분모가 있는 이들에게서 OK라는 답장이 올 확률이 높다고 생각한 나는 이 일곱 명에게 카우치 요청 메일을 보냈다. 특히 한국인 카우치서퍼들에게 기대를 걸었다.

일곱 명 중 두 명이 답장을 보내주었다. 아쉽게도 답장을 보내준 두 명 중에 한국인은 없었다. 두 명 중 한 명은 터키 남자였는데 이미 게스트가 있어서 호스팅을 해줄 수 없다고 했고, 수락해준 다른 한 명이 바로 야오마였다.

주머니에 있던 휴대전화가 부르르 떨었다. 전화 화면에는 야오마의 이름이 깜빡거리고 있었다. 전화를 받자 조금 어수룩한 목소리의 그녀가 나에게 어디에 있냐고 물었다. 멀리서 전화기를 귀에 댄 채 손을 흔드는 동양인 여자가 보인다. 야오마였다. 파마한 단발머리에 카키색 외투를 입은 그녀와의 첫 만남은 아시아와 유럽의 경계인 어느 페리터미

널에서 이루어졌다.

그녀의 집은 작고 아담하지만 방이 세 개나 되었다. 제일 작은 방은 창고로 사용 중이었고 제일 큰 방은 거실 겸 공부방이었다. 책상이 놓인 큰 방의 한쪽 벽에 색색의 포스트잇들이 빼곡하게 붙어 있었다. 펼치면 침대가 되는 소파(카우치)도 이 방에 놓여 있었다. 깔끔하게 정돈되어 있었지만, 세간살이가 많지 않아서인지, 혼자 사는 집이어서인지 허전한 느낌도 살짝 묻어났다. 그녀의 방과 내가 머물 방 사이에는 작은 주방이 있었고, 샤워부스가 딸린 화장실도 있었다.

자전거와 트레일러를 포함해 80kg에 육박하는 내 짐들은 창고로 사용 중인 작은 방에 넣어두었다. 어느새 시계바늘이 12시를 향해 달음질을 칠 무렵, 야오마가 말했다.

"나는 오늘 친구네 집에 가서 자고 내일 올 테니 편하게 쉬어."

어? 나 혼자 남겨둔 채 다른 집으로 간다고? 왜지?

"친구 약혼자가 출장을 가서 친구가 혼자 있거든. 걱정되어서 그 친구랑 함께 자기로 했어. 부담 갖지 말고 편하게 자. 내일 아침에 돌아올게."

내가 남자라서 부담스러운 건가? 하는 생각이 잠시 머릴 스쳤지만 쓸데없는 상상으로 상대방의 마음을 오해하지 않기로 했다.

친구네 집으로 갈 준비를 끝낸 야오마가 조심스레 말을 건넸다.

"미안하지만, 키는 줄 수가 없는데 괜찮아?"

"어?"

잠시 당황스러웠다. 나에 대한 경계심이 너무 강한 거 아닌가? 하지만 텐트에서 잘 필요도 없고 따뜻한 물에 샤워할 수 있는 기회를 준 것만으로도 충분히 고맙지 않은가.

"그럼, 방에서 자는 것만으로 충분히 고마운걸. 마음 편하게 하고 싶은 대로 해."

말은 그렇게 했지만 마음 한편에서 어색함이 잠시 고개를 들었다.

나 홀로 그녀의 집에 남겨졌다. 밤 12시가 다 된 시간이라 밖으로 나갈 이유가 없긴 했지만 왠지 감금된 것 같은 기분이 들었다. 유럽의 살인적인 물가를 감당하기 싫어서 선택한 카우치서핑인데, 혼자 있게 되니 아쉬운 마음이 생겼다. 하룻밤 편히 잘 수 있는 공간의 확보도 좋지만 그녀와 대화하길 원했는데, 그걸 알 리 없는 야오마가 성급하게 집을 나섰던 것이다.

다음 날 아침, 현관문 열리는 소리에 잠에서 깨어나니 그녀가 돌아와 있었다. 잘 잤냐고 물어보는 그녀에게 헝클어진 머리에 아직 덜 떠진 눈을 비비며 잘 잤다고 대답했다. 여행 4년차. 이런 모습으로 낯선 사람을, 그것도 여자를 대하는 것이 전혀 어색하지도 부끄럽지도 않게 됐다. 배고프냐고 묻더니 터키식 아침식사를 준비해 주겠다고 한다. 아! 남이 차려주는 아침 식사가 얼마 만인가? 고마운 마음과 행복이 가슴 가득 차오른다. 카우치서핑을 이용하길 잘했다는 생각이 든다.

토마토와 계란, 치즈를 함께 프라이팬에 볶아서 갓 구운 빵에 얹어 먹었다. 빵을 그리 좋아하지 않았는데 길 위에서의 삶은 음식 투정을 허락하지 않았다. 이제 내게는 두 종류의 음식이 존재할 따름이었다. 맛있는 음식과 아주 맛있는 음식.

아침 식사를 하며 카우치서핑에 대해 서로 이야기를 나누었다.

"야오마. 왜 내 카우치 요청을 수락해준 거야?"

"음… 사실 약간 고민하긴 했어. 네가 내 첫 남자 게스트거든. 신중하게 선택해야겠어서, 네 카우치서핑 프로필을 자세히 읽어보고 사진들도 다 확인했어. 카우치 요청메일이 예의바르고, 프로필도 나쁜 사람 같아 보이진 않더라. 착한 사람처럼 생겼더라고. 그래서 수락했는데… 사실 어제 봤을 때 사진하고 달라서 좀 놀라긴 했었어. 실수한 건가? 하는 생각도 잠깐 했었고."

놀랐다니? 하긴 추위와 피로에 지쳐 있던 어젯밤의 내 모습은 훈남보다는 부랑자의 모습에 가까웠다. 그래서 도망치듯 친구네 집으로 간 건가? 그보다 착한 사람처럼 생겼다니 어떤 건지 궁금했다.

"착한 사람처럼 생겼다니, 어떤 사진을 보고 그런 생각을 했는데?"

"미소 짓고 있는 게 착해 보이더라고. 프로필 내용도 그렇고."

그녀가 뭔가를 더 이야기할까 말까 머뭇거리다 말했다.

"그런데, 넌 내 프로필 읽었어?"

"그럼, 당연하지."

"여자 게스트를 선호한다고 썼는데, 왜 나한테 카우치 요청을 했어?"

"어?"

순간 당황했다. 카우치서핑에서는 호스트가 선호하는 성별을 자신의 프로필에 표시할 수 있다. 성별 외에 나이, 언어, 흡연 여부, 애완동물 유무 등도 있다. 하지만 사실 카우치 요청 메일을 보내기에 급급해서 전체 프로필을 자세히 읽지는 않았다. 그런데 그녀가 여자를 선호한다고 써봤다니, 뭐라 변명이 떠오르지 않았다.

"아, 아마 그 부분은 자세히 안 읽었나 봐."

멋쩍은 웃음과 함께 솔직히 대답하고는 재빨리 호제를 전환했다. 난 이렇게 순발력이 뛰어난 자신이 참 좋다.

"혹시 한국음식 좋아해?"

"응. 많이 먹어본 건 아니지만 좋아해. 그 뭐더라, 빨간 소스? 그것도 갖고 있어."

"빨간 소스? 매운 거야?"

"응."

"아! 고추장인가 보다!"

"맞아 맞아. 잠시만."

하더니 냉장고에서 빨간 고추장 통을 꺼내어 보여준다.

"그럼 아침 식사 답례로 한국식 비빔밥 만들어줄게."

"정말?"

"그럼. 대신 네 고추장을 좀 써도 될까?"

"그래. 그럼 이따가 어제 같이 잔 친구인 니콜이 우리 집에 올 건데, 점심으로 같이 먹어도 될까?"

"노 프라블럼!"

요리를 썩 잘하는 건 아니지만 그래도 제법 맛은 내는 편이다. 게다가 비빔밥은 아주 맛없게 만들기도 어려운 음식이 아니던가! 비빔밥에 필요한 재료 리스트를 작성하고, 야오마와 함께 슈퍼마켓에 가서 필요한 재료들을 구입해 집으로 돌아왔다.

　오이와 당근은 잘게 채썰고 호박은 반달 모양으로 썰고, 버섯과 다진 소고기는 프라이팬에 기름을 두르고 살살 볶아주었다. 끓는 물에 시금치를 데치는데 니콜이 왔다. 가벼운 인사를 하며 악수를 하려고 손을 내밀었는데, 무슬림이기 때문에 미안하지만 신체접촉은 할 수가 없다고 대답했다. 히잡도 없는데 무슬림이라니 새로운 문화와의 접촉이 일어나는 순간이었다. 머쓱해진 손을 도로 거두며 다시 주방으로 돌아갔다.

　요리를 준비하는 동안 그녀들이 주방에 들어오지 못하게 했다. 대단한 요리를 하는 건 아니지만 깜짝 놀라게 해주고 싶었기 때문이다. 마지막으로 계란 프라이를 할 차례. 노른자가 터지지 않도록 심혈을 기울인 후 그릇에 이쁘게 담아 방으로 가져갔다. 비빔밥이 놓인 식탁 앞에 앉은 두 아가씨의 얼굴이 환해진다. 그걸 보는 내 얼굴도 동시에 환해진다.

　이날 이후로 그녀들은 날 '주방에 있을 때는 세상에서 가장 잘생긴 남자'라고 불러주었다. 남자들이여, 간단한 요리라도 배우고 카우치서핑 하자!

　다음 날, 수업을 마치고 돌아온 야오마가 내일이 니콜 생일인데 뭔가 이벤트를 해주고 싶다며 내게 조언을 부탁했다. 선물도 주고 싶은데 서로 알고 지낸 지 얼마 되지 않아서 어떤 걸 해야 할지 모르겠단다.

　니콜은 중국 본토에서 태어나서 몇 개월 전에 이곳 이스탄불로 왔다. 약혼자가 있는데 역시 무슬림이다. 종교적으로 맺어진 약혼이라 결혼을 전제로 동거가 가능하다고 했다.

　"무슬림 남자는 아내를 여러 명 둘 수 있다던데, 불합리하다고 생각하지 않아?"

"아니, 전혀 그렇지 않은데."

"어째서? 여자는 남편을 여러 명 둘 수 없지만 남자는 그럴 수 있는 거잖아."

"무슬림은 아내를 네 명 둘 수 있는데, 그게 좋은 것만은 아니야. 아내들에게 모든 것을 동등하게 제공해야 하거든. 40일이 있으면 공평하게 10일씩 나누어서 살아야 하고, 율법에 따라 집도 생활비도 동등하게 제공해야 돼. 만약 어느 한쪽에 소홀하면 여자가 언제든지 이혼을 요구할 수 있어. 자식에 대해서도 동등하게 대해야 해."

그냥 여러 명의 아내를 둘 수 있다고만 생각해서 좀 부러웠는데 그런 것만도 아니구나. 하지만 여전히 평등한 룰이 아니라는 생각에는 변함이 없었다. 어쨌든 여자는 그러한 선택을 할 수 없지 않은가? 하지만 종교적 신념을 가지고 언쟁을 하는 건 바보 같은 짓이라고 생각하기에, 그냥 무슬림에 대한 새로운 정보를 얻은 것으로 만족하고 그 이상의 질문은 피했다.

띵동!

벨이 울렸다. 니콜이 학교 수업을 마치고 야오마의 집 앞에 도착한 것이다. 마음이 분주해졌다. 야오마가 계단을 내려간 사이에 내가 작은 방에서 케이크에 초를 꽂아 불을 붙이기 시작했다. 선물은 침대로 변신하는 접이식 소파 밑에 숨겨두었다.

아직 초를 다 꽂지도 못했는데 현관문 열리는 소리가 들렸다. 미리 정한 대로 야오마가 니콜을 큰 방으로 안내했고 난 계속 초에 불을 붙였다. 오늘따라 왜 이리 라이터에 불이 잘 안 붙는지, 초를 대신해 내 마음이 타들어갔다.

드디어 불을 붙인 케이크를 가지고 큰방으로 들어갔다. 생일 축하 노래를 부르자, 니콜이 입김으로 초를 껐다. 소파 밑에 숨겨둔 선물도 건네주었다. 기쁨과 감동으로 가득한 니콜의 눈동자에 야오마도 나도 마냥 행복했다.

사흘 정도 머물려 했으나, 결국 일주일을 더 있었다. 물론 야오마는 내게 집 열쇠를 주었다. 니콜네 집에서 자는 일도 첫날 말고는 없었다.

하룻밤 공짜로 잠잘 곳을 찾기 위해 시작한 첫 카우치서핑은 단순히 나를 재워줄 이를 만나게 해준 것이 아니라, 마음과 마음으로 깊은 소통이 가능한 만남을 가능하게 해주었다.

카밀라와 일곱 명의 폴란드 아가씨

혹시 내가 전생에 의자왕이었나?

예전부터 알고 지낸 친구처럼 편안하게 술 한잔 하자는 아샤, 도도한 클레오파트라처럼 일자 앞머리로 이마를 덮은 마르타, 생긴 건 보이시하나 말과 행동은 여성스러운 이나, 육감적인 몸매와는 다르게 말수가 적은 나탈리아, 강렬한 눈빛과 솔직한 말투의 카타르지나, 늘씬한 몸매로 내 마음을 홀린 마르티나, 그리고 나에게 이 여섯 명을 소개해준 나의 호스트 카밀라. 이 좁은 기숙사 방에 나를 중심으로 매력만점인 폴란드 미녀 일곱 명이 둘러앉아 있다. 이런 판타스틱한 시간이 찾아오다니,

하루 종일 바람과 먼지와 싸우며 자전거를 타고 달려온 보람이 있었다. 카우치 요청을 허락해준 카밀라가 너무너무 고마워지는 순간이었다.

이곳 불가리아의 플로브디브(Plovdiv)라는 도시에서 나를 호스팅해준 카밀라는 폴란드 태생으로, 6개월간 교환학생으로서 기숙사 생활 중이다. 다른 친구들도 역시 폴란드 출신이었고, 우리나라 유학생들도 대부분 그러하듯 그녀들도 같은 나라 학생이라는 이유로 서로 친해진 것이었다. 남녀가 함께 생활하는 기숙사이긴 했으나 룸은 동성끼리 사용하고 있었는데, 카밀라의 룸메이트는 좁은 기숙사가 맘에 들지 않는다는 이유로 입주 한 달만에 나갔단다. 덕분에 그녀의 방에 빈 침대가 하나 생겼다. 카밀라는 몇 번 게스트로서 카우치서핑을 경험했지만, 직접 호스트를 하는 건 이번이 처음이었다.

학생 기숙사들이 그러하듯이 그녀의 방도 크지는 않았다. 두 명이 들어가면 꽉 찰 크기의 화장실 겸 샤워실이 있었고, 문의 반대쪽에 커다란 창이 있었다. 싱글 침대 2개가 양 벽에 붙어 있었는데, 침대와 침대 사이엔 다른 싱글 침대 하나가 겨우 들어갈까 싶을 정도의 공간뿐이었다. 벽장 반대쪽에는 두 명이 동시에 사용하기에는 작을 것 같은 책상이 놓여져 있었다. 침대와 침대가 이렇게 가까운 곳에서 처음 본 여자와 단둘이 자게 되다니……. 걱정 아닌 걱정이 슬쩍 뇌리를 스쳤다. 아무리 자유로운 영혼이 되고 싶다고 외쳐도 난 어쩔 수 없는 남자인가 보다.

아샤가 창문 밖에 놔두었던 자고르카 맥주 PT병을 꺼내왔다. 대한민국 땅을 떠난 후 처음으로 만나는 PT병 맥주였다. 다른 PT병 4개는 자신의 본분을 다하고 한쪽 구석으로 버림받은 지 오래다. 창문 밖에 자리

잡은 평평한 공간은 추운 11월 날씨에 냉장고 대용으로 사용하기에 완벽했다.

20대 초반인 그녀들과 함께 나눈 대화의 대부분은 내 여행 이야기였다. 그때 유튜브로 음악 선곡을 하던 아샤가 내게 질문을 던졌다.

"섭! 혹시 아지스(Azis)라는 가수 알아?"

"아지스? 아니. 폴란드 가수야?"

"아니, 여기 불가리아 가수인데 완전 유명하거든. 그래서 혹시 아나 물어본 거야."

"아샤! 그러지 말고 유튜브로 찾아서 보여줘!"

큰 눈을 더욱 동그랗게 뜨면서 마르타가 말했다.

불가리아 인기 가수라는 아지스는 나에게 적지 않은 충격을 안겨 주었다. 마흔은 족히 넘어 보이는 얼굴, 구릿빛 피부의 근육질 몸매에 하얗게 탈색한 머리와 수염을 기르고서 강렬한 느낌의 짙은 화장을 한 사람이 끈적끈적한 몸짓으로 노래를 하고 있었다. 그 모습을 본 내가 이게 뭐냐고 외치자 그녀들이 까르르 웃어댄다.

3분이 순식간에 흘러가고 아샤와 마르티나가 바로 다음 곡을 찾았다. 아지스를 본 느낌이 어떻냐고 카타르지나가 묻기에, 저런 가수가 있다는 게 이해는 되지만 인기 가수라는 사실이 쉽게 납득이 되지 않는다, 아마 우리나라에서 저런 가수가 나온다면 관심은 조금 끌더라도 절대 인기인이 되진 못할 거라고 말해주었다.

이상한 건 뮤직비디오가 나온 순간 우리 모두 단숨에 몰입되었다는 사실이다. 처음 만난 아지스에겐 뭔지 모를 중독성이 있었다. 분명 남성적인 모습인데 어딘가 여성스러운 듯한 면모에 끌리는 건가? 아지스는 동성애자일까 하는 궁금증이 떠올라 그녀들에게 물어보았더니 양성애자라는 소문이 있다고 한다. 게다가 그의 탄탄한 가슴은 성형수술로 만들어진 거란다. 정말 나로서는 이해할 수 없는 사람이었다.

아지스로 인해 이야기의 주제가 남자의 화장으로 옮겨갔다. 나는 우리나라 남자 가수들도 화장을 하지만 저 정도까지는 안 한다는 이야기와 더불어, 일반 남자들도 화장을 조금씩 한다고 이야기했다. 카타르지나가 화장해본 적이 있냐고 묻기에, 친구들과 놀러갔을 때 재미로 여장을 해본 적이 있다고 했다. 그러자 마르티나가 오늘 한번 해보는 건 어떻겠냐며 상상도 못한 제안을 꺼냈다.

사실 여장을 하는 게 수치스럽다고 생각하지는 않는다. 예쁘지 않아서 보여주고 싶은 마음이 없을 뿐이지만, 그녀들에게 즐거움을 줄 수 있다면 충분히 의미가 있겠다 싶었다.

들뜬 어린아이 같은 미소를 띤 마르티나가 자기 방에서 화장품을 챙겨오자, 일곱 명의 아가씨들 앞에서 대한민국 남자 김광섭은 여자로 변해갔다. 화장품이 하나 둘 얼굴에 칠해질수록 내 모습이 궁금한데 내 앞의 여자들은 변화되는 과정을 보여줄 생각이 전혀 없었다. 내 얼굴 이곳저곳을 유심히 바라보며 화장을 해주는 마르티나의 얼굴을 바라보자니 갑자기 긴장이 되기 시작한다. 기왕이면 그녀의 화장 솜씨가 좋아서 원판보다 예쁘게 나왔으면 하는 바람도 생겼다. 그러나 웃을 때 눈이 사라지는 카밀라의 눈동자가 계속 보이지 않는 걸로 봐서, 예뻐지긴 글렀다는 걸 어렴풋이 예감할 수 있었다.

　드디어 화장이 끝나고 내 얼굴을 확인할 수 있었다. 역시나 전혀 예쁘진 않지만 예전에 친구들과 놀러가서 했던 그 화장보다는 조금 나았다. 아가씨들은 예쁘다며 입으로는 칭찬을 아끼지 않았지만 표정은 숨기지 못했다.

　이런저런 이야기들을 안주 삼은 우리들의 술자리는 그 후로도 계속 이어지다가 깊은 새벽이 되어서야 끝이 났다. 내일 수업이 있기 때문이다. 나의 호스트 카밀라도 마찬가지였다. 즐거운 시간은 이제 끝인가 하는 생각에 아쉬움이 밀려온다. 술자리를 제공해준 아샤와 이나에게 고맙다는 말을 전하고, 잘 자라는 인사를 건네며 카밀라와 함께 그녀의 방으로 돌아왔다.

　방에 들어온 우리는 취침 준비를 했다. 헐렁헐렁한 잠옷으로 갈아입은 그녀는 영화에 나오는 소녀처럼 귀여웠다. 1미터 정도의 공간을 두고서 각자 침대에 누웠다. 좀 더 이야기를 나눠보고 싶었지만 그녀는 내일 수업을 받으러 가야 한다. 내일도 시간은 있다. 입 밖으로 터져나오려는 나의 수다본능을 꾹꾹 눌러 참아내고는 오늘 하루를 돌이켜보았다. 차가운 불가리아의 바람을 가르며 자전거를 타고 달려온 이곳 플로브디브. 카우치서핑을 통해 또 한 명의 좋은 친구를 만날거라는 기대가 7배의 잭팟으로 터진 하루. 역시 나는 럭키가이로구ㄴ 하는 믿음이 더욱 굳건해진다. 내일은 그녀에게 한국음식을 해줘야겠다. 아, 다른 친구들도 같이 먹게 7인분을 만들어야 하나? 그러기엔 여행 경비가 좀 빠듯한데……

　고민을 하고 있는데 카밀라가 뒤척거리는 소리가 들려왔다. 침대에

누운 지 20여 분 정도 지났는데 아직 잠들지 못하고 있는가 보다. 혹시 내가 남자라서 불편한 건가? 그녀도 이렇게 좁은 공간에서 남자와 단둘이 자는 건 처음인 건가? 카우치서핑 경험은 있다고 했는데… 아니면… 에이, 설마!

빨리 잠을 청해보려고 몸과 마음을 완벽 취침 모드로 변경했지만 이미 시작된 생각은 쉽게 멈출 수가 없었다. 외국인은 한국인들보다 성적으로 훨씬 개방적이라는 악마의 속삭임이 머리 속 어딘가에서 불쑥 솟아올랐다.

오랫동안 솔로로 길 위에서 살다가 갑자기 만난 아가씨들 덕에 남자의 본능이 살아나려고 꿈틀대는 건가? 내가 이런 생각 중이라는 걸 아는지 모르는지, 카밀라는 계속 뒤척거리고 있었다. 이런 얄팍한 욕망 따위에 당할 내가 아니다. 이러려고 길 위에 나온 것도 아니다. 나는 내 안의 욕망이라는 악마와 잠시 실랑이를 벌였다.

슬쩍 고개를 돌려 카밀라 쪽을 바라보았다. 몸을 한껏 웅크린 채 잠들어 있는 그녀의 얼굴이 창문을 통해 얼핏 들어오는 빛에 비친다. 편안한 얼굴로 미소짓는 듯이 1미터 너머에서 자고 있는 카밀라의 얼굴을 보니, 나 혼자 정신병자 같은 상상을 한 게 어이없어지면서 피식 웃음이 나왔다. 세상의 보통 남자들도 나와 같은 생각을 할까?

전생에 의자왕은 아니었나 보다. 남자의 본능이 되살아날 뻔했던 기숙사의 밤은 이래도 되나 싶을 만큼 평온한 잠 속으로 나를 인도하고 있었다.

몽실몽실한 구름들이 띄엄띄엄 흘러가며 파아란 하늘에서 놀고 있다. 그 아래에서 살랑살랑 불어오는 시원한 바람에 풀들이 부드럽게 춤을 추고 있고, 느릿느릿한 소들은 초록빛 들판 위에서 한껏 게으름을 피우고 있다. 저 소들이 너무나도 부럽다.

나로 하여금 이리 신세 한탄을 하게 만드는 원흉은 바로 저 녀석이다. 내 옆에서 버너로 불을 피우고 코펠에 물을 끓이면서 뭐가 그렇게 신나는지 노래까지 흥얼거리고 있는 광섭군 말이다.

내 이름은 리베르따스(Libertas) 2세. 광섭군과 함께 세계일주를 시작했던 위대한 자전거 리베스따스 1세의 후계자다. 리베르따스는 라틴어로 자유라는 뜻이다. 이 이름을 지은 것도, 물이 다 끓었다며 싱글벙글하는 저 인간의 소행이다.

자유라, 내가 다른 자전거들보다 괜찮은 처지이긴 하다. 지하철 역 입구에서 자물쇠에 잠긴 채 한없이 파트너를 기다리는 녀석들이나, 타이어에 바람 한 주먹조차 없이 건물 주차장에 놓여 있는 동족들이나, 자신을 애지중지 아끼는 주인을 만난 덕에 먼지 한 톨 없이 베란다에서 잠만 자는 친구들을 생각하면 말이다.

바람을 가르며 달리는 것이 우리 종족의 숙명이자 본능이다. 그러니 봄, 여름, 가을, 겨울을 고루 느끼며 세상 이곳저곳을 다니는 지금의 처지에 감사해야 한다.

다만 문제는, 내 파트너인 광섭군의 욕심이 너무 많다는 점이다. 때문에 나는 광섭군의 짐덩이 80kg를 매일같이 이고 끌고 다녀야 한다. 짐을 실을 공간을 확보하기 위해, 내 꽁무니에다가 돌돌45라는 이름의 짐수레까지 달아놓았다. 날렵한 내 옆구리에 주렁주렁, 이게 뭐야. 내가 파트라슈냐?

처음으로 광섭군을 만난 날이 기억난다. 반짝반짝 빛나는 외모를 뽐내던, 인생에서 가장 아름다웠던 시절에 그가 나타났다. 세계일주를 할 거라면서 함께 다닐 자전거를 찾고 있다고 했다.

순간 내 귀를 의심했다. 지금까지 내 주변에서 파트너에게 선택받아 매장을 떠난 자전거들은 대개 여가나 운동의 목적으로 불려나갔기 때문이다. 그런데 여행이라니. 그를 따라가면 세상 이곳저곳을 매일매일 달릴 수 있다는 얘기가 아닌가? 달리기를 위해 태어난 자전거에게 있어서 매일 새로운 곳을 달리는 생활을 계속한다는 건 분명 굉장한 행운임에 틀림이 없었다.

광섭군이 내 스펙에 대해 매장 주인에게 묻기 시작했다. 하지만 매장 주인은 더 좋은 스펙의 다른 자전거를 팔아넘길 작정인지, 나에 대해 그리 열심히 설명하지 않았다. 나에 대한 소개는 짧게 마치더니 몸값이 더 비싼 녀석을 광섭군에게 열성적으로 소개하기 시작했다. 광섭군의 눈이 나에 대한 설명을 들을 때보다 더 맹렬하게 반짝였다. 그 자전거 역시 보란 듯이 나를 무시하고 있었다.

자존심이 상했다. 처음에 좋게만 보였던 광섭군의 첫인상이 다 망가졌다. 스펙밖에 모르는 녀석 같으니라구. 하지만 그래도 세계일주를 해보고 싶었기에, 꼭 참고서 내가 선택받게 해달라고 간절하게 기도했다. 내가 전생에 덕을 좀 쌓았던 걸까? 그는 결국 나와 학께 세계일주를 하기로 결정했다. 나는 매장을 나오면서, 가게 주인의 전폭적인 지지를 받았던 스펙 좋은 자전거를 향해 '꼭 좋은 주인 만나라!'고 비꼬아 주는 것을 잊지 않았다.

그런데 맘을 곱게 쓰지 못해서 벌을 받은 걸까? 광섭군의 집에 도착한 순간부터 시련이 찾아왔다. 그가 멋대로 내 모습을 바꾸기 시작한 것이다. 언제부터 썼는지 가늠도 되지 않는 중고 물건들을 내 몸에 부착하더니, 급기야 뒤에 수레까지 달아놓는 게 아닌가? 매장에서 날렵한 몸매를 뽐내던 내 모습이 순식간에 사라져 버렸다.

집 안에서 짐을 하나 둘 꺼내온 광섭군이 내 몸과 수레 위에 그것들을 싣기 시작했다. 가끔 매장에 와서 내 허리에 올라타는 손님들 중 100kg가 넘는 사람이 있기는 했지만, 짐마차라도 된 것처럼 꾸러미들을 태워본 건 처음이었다. 뭐, 폼이 안 나서 맘에 들지 않았을 뿐이지, 그때까지는 그래도 괜찮았다. 광섭군, 이 자식이 내 허리에 올라타기 전까지는 말이다.

광섭군이 올라탄 순간, 앞바퀴 옆에 달린 서스펜션이 부르르 떨면서 위아래로 휘청거렸다. 세상에, 이게 뭐야! 한 번도 경험해본 적 없는 무게가 허리를 짓누르며 나를 땅으로 밀어붙였다. 내가 지르는 비명을 무시하면서 그가 말했다. '좋았어! 완벽해. 오늘부터 잘 부탁해. 리베르따스 2세'라고 말이다. 그것이 내 이름임을 그때 알았다.

지금도 그 무게가 나를 짓누르고 있다. 그런 내 사정은 전혀 아랑곳없이, 광섭군은 혼자서만 즐거운 표정으로 점심 식사를 하고 있는 것이다. 나한테는 먹어보라고 권하지도 않고서 말이다. 물론 권한다고 먹을 수는 없지만, 인사치레라는 것이 있지 않은가. 왜 자전거에는 입이라는 게 달려 있지 않은 걸까? 입이 있다면 짐 좀 나눠 들라고 항의도 하고, 점심도 뺏어먹고, 여러 가지를 할 수 있을 텐데.

혼자 신세를 한탄하는 사이, 점심 식사를 마친 그가 담배를 한 대 꼬나물고는 세상을 다 가진 얼굴로 땅에 누웠다. 그 모습이 얄미워서 고개를 돌려 하늘을 쳐다본다. 하늘이, 파랗다.

날개 없는 천사, 니콜라이와 나타샤

이런, 공중전화가 보이지 않는다. 마음은 점점 조급해지고 있건만, 이런 내 처지 따위는 안중에도 없는 듯 공중전화가 나타나지 않았다. 분명 숙소 주인 아저씨가 알려준 대로 왔는데 왜 보이지가 않는 건지 답답하다. 내가 잘못 온 건가? 하는 마음보다는 혹시 아저씨가 잘못 알려준 건 아닐까? 하는 의심에 무게가 더 실린다. 다시 숙소로 돌아가 재확인을 할까 하다가, 때마침 지나가는 사람이 있길래 공중전화 위치를 물었다. 하, 등잔 밑이 어둡다더니. 계단 몇 개를 올라가야 들어갈 수 있는 큰 건물의 입구에 공중전화 두 대가 나를 한심한 듯이 바라보고 있었다. 보통의 경우처럼 공중전화 부스가 있을 거라고 생각한 게 문제였다. 고맙다는 인사를 건네고 공중전화에 도착했다.

한데 이럴 수가! 그림의 떡이 바로 이런 경우구나. 두 대의 전화기는 모두 카드만 사용 가능한 기종이었는데, 근처에 전화카드를 파는 곳이 없었다. 동전 사용이 가능한 공중전화는 또 어디서 찾아야 한단 말이냐. 마음의 조급함은 점점 커져 불안감으로 바뀌어갔다.

오늘의 호스트는 니콜라이라는 이름의 불가리아 남자와 나타샤라는 이름의 러시아 아가씨로, 두 사람은 부부였다. 공중전화를 찾아 헤매고 있는 이 도시의 이름은 파자르지크(Pazardjhik)이다. 사실 이 도시는 내 여행의 목적지가 아니었다. 어제 이 도시를 지나가는 순간 갑자기 페달을 밟기 싫어져서 숙소를 찾아 하루 쉬어가기로 했던 것이다. 그러면서 다음 카우치서핑 포인트인 소피아에서 만날 호스트들과 연락을 주고받다가, 혹시나 하는 마음에 이 도시에 사는 몇몇 서퍼들에게 메일을 보냈었다. 하지만 당일 연락이 닿는 것은 역시나 무리였다.

다음 날 아침 식사를 하면서 마지막으로 인터넷으로 필요한 정보들을 체크하는데, 니콜라이에게서 연락이 와 있었다. 답장이 늦어서 미안하지만, 혹시 아직 이곳에 있으면 연락해달라는 내용이었다. 이 메시지를 받은 지 벌써 2시간도 더 지났는데 아직까지 연락을 못 하고 있으니 조급해지는 것도 당연한 일이다.

연락이 되지 않으면 11시 전에 체크아웃해서 다음 도시로 이동해야 한다. 다행히 짐을 다 싸두어서 아직 여유시간이 있다. 어떻게든 사용 가능한 공중전화를 찾아야 하는데, 개똥도 약에 쓰려면 없다더니 도움을 청할 만한 사람도 보이지 않는다. 일단 숙소로 발길을 되돌리려는데 저 앞에서 남자 한 명이 이쪽으로 걸어오는 게 보였다.

기회다. 잰걸음으로 그에게 다가가 혹시 이 근처에 동전 사용이 가능한 공중전화가 있냐고 물었다. 그러자 잘 모르겠다고 대답한다. 낙심하는 마음이 얼굴로 표출된 것일까? 그는 중요한 일이냐고 되묻더니 혹시 원하면 자신의 휴대전화를 사용해도 좋다고 말했다. 이런 고마운 일이…….. 감사하다는 말을 연신 외쳐대며 그에게 니콜라이의 전화번호를 알려주었다. 덕분에 겨우 니콜라이와 연락이 되었다.

골든리트리버와 함께 나타난 훤칠한 키의 니콜라이는 바로 나를 알아보았다. 어렵게 연락이 되어서 더더욱 반갑게 느껴졌다. 일단 숙소로 가서 짐을 챙겨 니콜라이의 집으로 가기로 했는데, 세상 참 좁다더니, 내가 묵고 있는 숙소 바로 앞의 아파트가 집이었다.

그들의 집은 한때 우리나라에 엄청나게 많았던 엘리베이터가 없는 5층 아파트의 꼭대기였다. 80kg에 육박하는 내 짐을 또 들어 날라야 하는 상황. 이럴 때마다 나는 짐이 많은 게 조금 부끄럽고 미안하다.

집에 들어서자 거짓말 따윈 해본 적이 없을 것 같은 얼굴의 나타샤가 날 반겨준다. 얼굴만 봐도 마음이 편해지는 이 커플. 제대로 찾아왔다는 느낌이 들었다.

짐을 다 풀고 난 나에게 니콜라이가 아침 먹었냐고 물었다. 물론 먹었다. 이 시간까지 굶을 수 있는 내 위장이 아니었다. 먹었다고 하니깐 배고프면 언제든지 말하라고 한다. 자기네 집에 머무는 시간이 얼마나 될지는 모르지만 머무르는 동안 절대 배고파서는 안 된다며, 그런 건 손님에 대한 예의가 아니란다. 이게 불가리아의 손님 대접 정신이라며, 절대 미안하다거나 신세진다는 생각은 하지 말고 언제든지 필요한 것이 있으면 이야기하라고 강조했다. 그러면서 불가리아 전통음식은 뭘 먹어봤냐고 물어본다.

안타깝게도 아직 불가리아 친구를 만들지 못해서 뭐가 전통음식인지 모른다. 오는 길에 식당에서 이것저것 사 먹긴 했지만, 영어가 아닌 불가리아어로 되어 있는 음식 이름들을 기억할 리 만무했다. 그렇게 말하자 점심을 불가리아식으로 만들어주겠다며 음식 재료도 준비할 겸 시장 구경을 나가자고 한다. 긍정적이고 활동적인 에너지가 뿜어져 나오는 니콜라이의 매력에 난 점점 빠져들었다.

장을 보고 난 뒤 집으로 돌아오는 길, 갑자기 니콜라이가 멈춰서더니 어디서 무슨 소리가 들리지 않냐고 내게 물었다. 소리? 카페테리아에 앉아서 커피 마시는 사람들의 수다와 길바닥에 물건들을 깔아놓고 판매 중인 아저씨의 목소리 말고 딱히 들려오는 소리는 없었다. 그때, 니콜라이가 "저기다!" 하면서 카페테리아 앞에 서 있는 나무 윗부분을 가리켰다. 니콜라이의 손이 가리킨 그곳에서, 새끼고양이 한 마리가 어쩔 줄 몰라 하며 "미야~미야~" 신음하고 있었다.

그 순간 들고 있던 장바구니를 내게 맡긴 니콜라이가 맨손으로 나무를 오르기 시작했다. 하지만 생각보다 높아서 실패하고 말았다. 뭔가 딛고 올라갈 만한 게 있다면 가능할 것도 같은데……. 카페테리아의 많은 의자가 눈에 들어오기에 그 중 하나를 가져와 나무 아래에 놓아주자, 니콜라이가 엄지손가락을 치켜세우더니 다시 맨손으로 나무에 달라붙었다. 이번에는 새끼고양이가 있는 곳까지 다다를 수 있었다. 무서웠던 걸까? 새끼고양이가 더 높은 곳으로 도망쳤다. 니콜라이도 나뭇가지 몇 개를 붙들고서 기어올랐다. 그 모습이 불안하면서도 경외심 같은 게 느껴졌다. 나라면 분명 포기했을 텐데, 저렇게 열심히 나무에 오르다니…….

마침내 새끼고양이는 니콜라이의 품에 안겼다. 하지만 고양이를 안은 채 나무에서 내려오는 건 불가능했다. 아래에 있던 내가 점퍼를 펼쳤다. 니콜라이가 조심스레 새끼고양이를 내 점퍼 위로 떨어뜨렸다. 상태를 좀 보려고 점퍼를 슬쩍 펼치는 순간, 눈 깜짝할 새에 새끼고양이가 달아났다. 나무에서 내려온 니콜라이도 안타까워했다. 그러나 도망쳤다는 사실에 열을 내는 나와 달리, 그는 어디 더 다친 데가 없나 살펴보고 싶었는데 그러지 못했다며 아쉬워했다. 개를 키우는 걸 보면서 동물을 좋아하는 친구라고는 생각했지만, 기대 이상이었다.

집으로 돌아오자 나타샤가 우릴 반겨준다. 나타샤가 점심 준비를 시작하자, 니콜라이가 혹시 술 마시냐고 물었다. 좋아하긴 하지만 여행 중이라 많이 마시지는 않는다고 대답했더니, 불가리아에 왔으면 라키아 맛을 봐야 한다며 한 잔 따라준다. 자신이 직접 자두로 양조한 것이라며, 베스트 퀄리티는 아니지만 그래도 상당히 괜찮다는 설명을 붙였다. 직접 양조했다니, 이 니콜라이라는 친구는 대체 어디까지 날 놀라게 만들 셈인가? 이어서 빨간 무언가가 담긴 유리병을 또 하나 꺼내온다. 안주로 꺼내온 그것은 파프리카 절임이었는데, 역시 직접 재배한 파프리카로 만든 것이라고 했다.

라키아는 생각만큼 독하지 않았다. 무엇보다 파프리카 절임이 너무 맛있었다. 그동안 길 위에서 만난 어떤 절인음식보다도 최고였다. 팬 위에서 적당히 파프리카를 구워서 껍질을 제거한 뒤 식초와 올리브오일 등 각종 향신료를 넣고 숙성시켰다는 이 절임을, 나는 지금까지도 불가리아 최고의 음식으로 꼽는다.

집에서 직접 구운 빵과 콩 스프, 토마토와 올리브, 그리고 오이에 크림치즈를 버무려 만든 샐러드와 파프리카 절임까지. 나타샤가 만든 홈메이드 점심은 건강식임은 물론이고 맛도 좋았다. 식사를 하며 이런저런 이야기를 나누고 있을 때였다.

"섭! 나 〈고래사냥〉이라는 노래 부를 줄 아는데, 너 이 노래 알아?"

뭐라고? 〈고래사냥〉이라고? 게다가 영어로 'Hunting Whales'라고 한 게 아니라 우리나라 독음 그대로 '고래사냥'이란다.

"한국 노래인 〈고래사냥〉 말이야?"

"니콜라이. 그러지 말고 아예 그 동영상을 보여주는 게 어때?"

나타샤가 말을 거든다. 보여준 동영상을 보고 나는 또 한 번 깜짝 놀라고 말았다. 동영상 속에서 니콜라이는 기타를 치면서 어느 동양인 남자 한 명과 함께 〈고래사냥〉을 부르고 있었다.

"사실은 한 1주일 정도 전에 우리 집에 머문 손님이 Kim이라는 이름의 한국인이었거든. 그 친구도 자전거 여행자인데, 혹시 알아?"

"진짜? 직전에 한국인 자전거 여행자가 여기 머물다 갔다고? 와우! 세상 참 좁구나. 그런데 그냥 Kim이라는 이름만으로는 누군지 알기 어려워. 처음 보는 얼굴이던걸."

"그래? 그 친구도 무척 좋은 사람이었어. 그래서 네 카우치 요청을 받았을 때 꼭 우리 집에 머물게 하고 싶었어."

그랬다. 길 위에서 살면서 가끔은 이기적이기도 했고 여유가 없기도 했지만, 다른 사람들에게 해를 끼치지는 말자며 여행했었다. 한국인에 대한 좋은 기억 때문에 나를 환대해준 수많은 길 위에서의 인연들. 오늘 또 타인의 친절함과 반듯함이 내게로 온 것이다.

니콜라이와 나타샤는 니콜라이가 여행하던 중에 만났다고 했다. 첫눈에 나타샤에게 반해버린 니콜라이는 나타샤에게 고백했고, 니콜라이를 맘에 들어하고 있던 나타샤도 받아들였다.

문득, 시작은 둘이서 했는데 어느새 혼자가 되어버린 내 여행이 조금 쓸쓸했다. 나도 길 위에서 이런 운명적인 사랑을 만날 수 있을까?

불가리아로 와서 새로운 환경에 적응해야 하는 러시아인 나타샤와, 음악 연주와 삐에로가 직업인 니콜라이. 유쾌하고 긍정적인 부부지만 그들도 경제적인 고민은 피할 수가 없었다. 겨울이라 축제가 많이 없었기에 삐에로 역을 맡을 기회가 줄어든 니콜라이는, 아프리카 전통 악기인 젬베와 한국식 북과 장구를 합쳐놓은 것 같은 불가리아 전통악기를 마을 센터에서 가르치고 있었다. 나타샤는 러시아어 과외를 했다.

그들은 자신들이 돈을 벌며 우리나라를 여행할 수 있는 방법이 있는지 물었다. 우리나라에 불가리아어나 러시아어를 배우려는 사람들이 많이 있을지 잘 모르겠다. 모국어가 영어가 아니니 영어를 가르치는 것도 안 맞을 듯하고, 무엇보다 한국에 어떤 비자로 입국해야 취업이 가능한지 아는 바가 없었다. 도움이 되어 주지 못해 미안했다. 하지만 니콜라이는 환한 미소와 경쾌한 목소리로 다른 방법이 있을 거라며 신경 쓰지 말라고 했다.

경제적 사정이 그리 넉넉하지도 않을 텐데, 니콜라이와 나타샤는 내 게 많은 것을 주었다. 겨울을 나는 동안 먹기 위해 모아놓은 병조림들을 거침없이 뜯어 주었고, 술 좋아하는 나를 위해 다시 담그면 된다면서 매일 라키아를 권했다. 부모님 집으로도 데리고 가서 토끼고기며 어머니 손맛이 담긴 음식들로 한껏 배를 채워주었다. 특별한 비자가 없는 외국인에게 선불제 휴대폰 SIM 카드를 팔지 않아 구매를 못 하고 있는 나를 위해 자신의 이름으로 SIM 카드를 개통해서 주기까지 했다. 떠나는 날, 길 위에서 배고프면 안 된다면서 직접 구운 빵과 내가 좋아하는 파프리카 절임도 빈 병에 가득 담아서 넣어줬다. 게다가 추울 때마다 조금씩 마시라면서 라키아까지 챙겨주었다. 니콜라이와 나타샤는 아낌없이 주는 나무처럼 한없이 넉넉한 마음을 베풀어주었다. 나는 불가리아의 한 적한 도시 파자르지크에서 날개 없는 천사를 만났다.

좁은 공간에 살고 있는 커플이 호스트라면 이런 상황에 대비하라

한번은 여자친구가 있는 호스트의 집에서 머물게 되었다. 즐거운 저녁 식사와 술자리를 가진 후에 나는 먼저 잠들었고, 아마도 둘은 술을 더 마신 듯했다. 잠든 지 얼마나 되었는지는 모르지만, 어느 순간 소음에 잠이 깼다. 에로틱한 소리가 내 귀를 간질이고 있었다. 내 매트리스 바로 옆에 있는 침대 위에서 나는 소리였다. 서로의 육체를 탐닉하는 커플의 모습이 보인 건 아니지만, 좁고 조용한 원룸에서 소리마저 무시하기에는 내 청력이 너무 좋았다. 그 둘이 잘못을 한 것도 아니고, 그럴 수도 있다고 생각한다. 다만, 이런 일이 당신에게도 일어날 수 있다는 사실을 잊지 말아라. 대비하라고 했지만 딱히 대비책은 없다. 굳이 추천하자면 이어플러그를 귀에 꽂는 게 방법이 되겠다.

내 마음을 열어젖힌 싱글맘 사르넬라

불가리아의 수도이자 유럽에서 가장 오래된 도시 중 하나. 로마와 비잔틴 시대의 유적으로 가득한 발칸반도의 심장. 이것이 내가 불가리아 소피아(Sofia)에 대해 알고 있는 전부였다.

처음 여행을 시작했을 때는 여러 정보를 미리 수집하는 게 중요한 일들 중 하나였다. 인터넷 혹은 여행서적들을 뒤적여가며 볼거리, 먹거리, 놀거리들을 미리 머리 속에 넣어둬야 만족스런 여행이 될 거라고 믿었기 때문이다. 하지만 길 위에서의 삶은 많은 것들을 바꾸어놓았다. 그중 가장 크게 바뀐 것이 바로 계획 없이 여행하게 된 것이다.

처음 여행을 할 때는 이 도시에서 얼마간 머물고 그다음 도시까지는 언제까지 가고 무엇을 하고 등등을 다 정해놓았었는데, 현실은 언제나 계획대로 되지 않는 법. 수많은 계획들이 때로는 자의에 의해, 때로는 타의에 의해 무산되거나 지연되었다. 반복되는 실패 아닌 실패 속에서, 더 자유로운 여행을 추구하기 위해 계획 없이 그때그때 원하는 것을 하기로 한 것이다. 그래서 그때부터는 해당 지역에 대한 정보도 잘 찾지 않았다.

정보를 얻어놓고 제대로 소화하지 않으면 왠지 모를 불안감이 찾아온다. 어떤 여행 가이드북에서 '놓쳐서는 안 되는 볼거리 베스트 3'를 읽으면, 그것에 대해 관심이 있고 없고와 상관없이 왠지 가야만 할 것 같은 강박관념이 생겼었다. 그러나 실제 내가 느끼는 감동은 책에서 설명한 것보다 훨씬 더 미약했다. 그래서 그다음부터는 길 위에서 만난 친구에게 추천 여행지와 정보를 물어보았고, 그를 통해서 내 여행은 어디가 중요한 게 아니라 누구를 만나느냐가 중요하다는 걸 알게 되었다.

하지만 그래도, 큰 도시에 갈 때는 여전히 인터넷으로 정보를 훑어보았다. 무엇보다 카우치 서치로 호스트를 찾다보면, 프로필 칸에 적힌 도시 소개를 읽지 않을 수가 없었다. 그래서 소피아에 닷새 정도는 머무르기로 마음먹고 있었다.

니콜라이와 나타샤의 집에 머물면서 닷새 간 재워줄 호스트들을 확보해두었다. 계획 없이 여행하기를 기본으로 실천하는 나지만 어쩔 수가 없다. 카우치서핑은 약속이 필요한 여행 방식이기 때문이다. 여행의 자유도가 조금 떨어지긴 해도 큰 문제는 아니다. 내 여행에서 가장 중요한 건 만남이니까.

　예정보다 하루 늦게 소피아에 도착하게 되었다. 때문에 원래 소피아에서의 첫날을 책임져주기로 약속했던 페타르에게, ‘하루 늦게 도착하게 되었는데 그래도 괜찮냐’는 양해의 메일을 보냈는데 아직까지 답장이 없다. 아마도 약속을 변경한 나에게 괜찮다는 메일을 보낼 수는 없고, 그렇다고 안 되겠다는 답을 하기도 망설여지는 모양이었다.

　그래서 다음 호스트인 사르넬라에게 연락했다. 그녀는 예정대로 날 게스트로 맞아주었다. 카우치서핑은 본인의 사정에 의해, 혹은 상대방의 사정에 의해 돌발상황이 발생할 수가 있으니 그에 대비할 수 있도록 다른 호스트를 미리 확보해두면 좋다.

　카메라로 찍어둔 구글 지도를 이용해 사르넬라의 집 앞에 도착했다. 니콜라이가 대리구매해준 SIM 카드가 들어 있는 휴대전화로 그녀에게 전화를 걸었다. 통화 연결음을 들으며 올려다본 아파트는 아담하고 고풍스런 분위기의 5층 건물이었다. 이내 수화기 너머로 밝고 경쾌한 목소리가 들려온다. 건물 꼭대기의 작은 발코니에서 그녀가 나를 향해 손을 흔들고 있었다. 문을 열어줄 테니 올라오라는 그녀에게, 이번에도 미안하지만 내려와 달라고 SOS를 청했다.

　현관 앞에서 기다리자 그녀가 곧 나타났다. 반갑게 인사를 나누자마자 사르넬라의 눈이 내 짐에 꽂혔다. 내 눈에도 과해 보이는 이동식 원룸의 짐꾸러미 앞에서 그녀는 놀란 기색을 감추지 못했다.

　“이 많은 짐들을 다 가지고 다니는 거야? 어떻게?”

　역시 예상했던 질문이 툭 튀어나온다.

"힘들어도 필요한 것들이고, 또 이렇게 와 있잖아. 대신 무거운 건 내가 들게."

넉살 좋게 대답하며 미안한 마음도 슬쩍 전했다.

내 짐을 보고 그녀도 놀랐겠지만, 나 역시 그녀의 차림새에 놀란 상태였다. 목이 늘어난 티셔츠에, 무릎이 튀어나오긴 했지만 몸매가 여실히 드러나는 트레이닝 바지. 영락없는 아줌마 느낌이었는데, 문제는 브래지어조차 착용하고 있지 않다는 것이었다. 집에 있다가 나와서 편한 차림이라고 할 수도 있겠지만, 전통적인 유교적 교육관에 잠식되어 있는 나의 의식은 눈을 어디에다 둬야 할지 몰라 당황하고 있었다.

지하 창고에 자전거를 넣어두고 나머지 짐들을 챙겨 엘리베이터에 올랐다. 짐도 많았지만 엘리베이터 자체도 오래되어서 그런지 무척 좁았다. 여섯 개나 되는 짐꾸러미를 모두 밀어 넣고 올라탄 엘리베이터에는 빈 공간이 거의 없었다. 숨소리마저도 들릴 것만 같은 이 좁은 공간 속에서, 나는 자꾸 그녀의 목 아래쪽으로 내려가려는 시선을 붙잡느라 고생했다. 반면 그녀는 집까지 찾아오는 길이 어렵지는 않았는지, 어떤 루트로 소피아로 왔는지 등을 웃으며 물어왔다.

집에 들어서자 사르넬라의 아들 스테판이 또 한 번 나를 반겨준다. 그녀는 아들과 단둘이 지내고 있는 싱글맘이었다. 밝은 미소와 함께 인사를 건네며 몇 살이냐고 물어보니 아홉 살이란다. 깨끗하고 널찍한 거실, 다양한 기념품들이 이곳저곳에 장식되어 있는 사르넬라 모자의 집은 조용하고 아늑한 느낌이었다.

스테판이 사용하는 방을 내게 내준 사르넬라는 필요하면 샤워를 해도 좋다고 하면서 스테판더러 화장실로 안내해주라고 말했다. 자택근무를 하는지라 아직 하던 작업이 남아 있는 모양이었다. 스테판의 안내에 따라 화장실로 이동하는데, 스테판이 사르넬라에게 가더니 뭔가를 속닥속닥거린다. 스테판은 기본적인 영어는 조금 구사하지만 잘하는 편은 아니다. 뭔가 하고 싶은 말이 있어서 엄마에게 물어보는 모양이었다.

스테판의 말을 들은 사르넬라가 갑자기 웃으면서 스테판과 함께 화장실로 왔다. 내가 온다는 사실을 알고 손님 맞을 준비를 한다며 어젯밤에 스테판이 화장실 청소를 했단다. 어린 꼬마의 솔직한 마음에 저절로 입가에 미소가 번진다. 고마운 마음에 머리를 쓰다듬어주자 부끄러운 듯 또 내뺀다. 자식!

샤워를 마치고 나오니, 사르넬라가 '저녁에 친구네 집에 머물고 있는 카우치서퍼들과 함께 레스토랑에 가서 저녁 식사를 할 건데 가지 않을래?' 하고 물었다. 거절할 이유가 있을 리가 없지만, 하루 생활비가 20유로인 나로서는 살짝 돈 걱정이 들었다. 그런데 사르넬라가 오늘이 자기 생일이라고 말하는 게 아닌가. 깜짝 놀란 나는 당연히 괜찮다며 승낙했다. 생일 파티 초대를 거절하는 건 예의가 아니다. 금전적 압박은 안드로메다로 날려버렸다.

스테판이 숙제를, 사르넬라가 작업을 하는 동안 나는 방에서 그동안 찍었던 사진들을 분류하며 지난 호스트들에게 후기를 달아주었다. 후기는 카우치서핑 사이트의 호스트와 게스트가 어떤 사람인지 알려주는 작업이고, 다른 이용자가 그 사람에 대해 판단할 근거가 되기 때문에 중요하다. 다행히 지금까지 좋은 호스트들을 만난 덕에 내게도 그들에게도 긍정적인 후기가 늘어났다.

작업이 거의 끝나갈 무렵, 외출 준비를 마친 사르넬라가 나타났다.

이런 걸 반전이라고 하나? 내 눈앞에 서 있는 사르넬라는 낮에 본 그녀가 아니었다. 몸에 쫙 붙는 가죽바지에 한껏 치장한 차림새. 재킷을 걸친 그녀의 몸에서 섹시한 분위기까지 흐른다. 낮에 본 아줌마 스타일은 온데간데없이 사라졌다.

"와우! 스타일 좋은데!"

"그래? 고마워."

만족해하는 그녀의 얼굴을 보니 나도 기분이 좋다.

밖으로 나와 약속 장소로 향했다. 시내에서 그녀의 집까지는 거리가 제법 된다. 어떻게 가냐고 물었더니 걸어가자고 한다. 집 근처에는 그럴싸한 레스토랑이 없어 보였는데, 하고 생각하는 순간 저 앞에 간판이 보인다. 집에서 2분 거리도 안 된다.

안으로 들어가자 먼저 와서 기다리고 있던 사르넬라의 친구와 그의 카우치 게스트들이 손을 흔들어 반긴다. 사르넬라보다 좀 더 나이가 많아 보이는 남자는 인상이 서글서글한 게 사람 좋아 보였고, 캐나다에서 온 카우치서퍼 커플은 착하게 생겼다. 서로 소개를 하고 저녁 메뉴를 주문한다. 최근 채식을 시작한 사르넬라는 샐러드 위주의 메뉴를 주문했고, 나는 자고르카 생맥주 한 잔과 예산 대비 가장 적절한 크림치즈 스파게티를 시켰다.

카우치서핑 게스트 세 명과 호스트 두 명이 만났으니 여행이 우리의 주된 화제일 수밖에 없었다. 야생곰을 보호하는 일을 한다는 캐나다 친구들은 자연, 특히 숲이 우거진 여행지에 대한 이야기를 주로 했고, 자연도 좋아하지만 도시의 세련미도 놓치고 싶지 않은 사르넬라는 유럽 도시들에 대해 이야기했다.

술도 한두 잔씩 더 들어가는 중, 사르넬라의 친구라는 남자와 사르넬라 사이에 묘한 기류가 흐르는 게 느껴졌다. 사르넬라를 대하는 이 남자의 눈빛과 행동이 지나치게 다정해 보였다. 싱글맘인 사르넬라에게 관심이 있는 걸까? 아니면 혹시 이 남자가 그녀의 전 남편인가? 아까 문득 사르넬라가 이 남자를 소개시켜주며 좋은 파트너라는 단어를 선택했던 것이 떠올랐다. 평소대로라면 바로 물어보는 게 내 스타일이지만, 지금 이 자리에서 묻는 것은 실례가 될 수 있다는 생각에 관두기로 했다.

술을 그다지 즐기지 않는 친구들이었는지, 아니면 내일의 일정을 위해 오늘 밤을 아껴야 했는지, 10시가 조금 넘어서 사르넬라의 생일 파티가 끝이 났다. 오늘 있었던 일들을 간략하게 기록하고, 인터넷으로 다음 목적지의 호스트들을 찾아보고 있는데 노크 소리가 들렸다.

"섭, 괜찮으면 와인 한 잔 더 하지 않을래?"

"좋지!"

안 그래도 술이 좀 부족했는데 잘됐다 싶었다.

자신이 좋아하는 와인이라며 와인 잔과 함께 레드 와인을 한 병 가지고 온다. 거실 한쪽에 침대 두 개를 사이좋게 놓고서 지내던 모자였기에, 잠든 스테판에게 방해가 되지 않도록 내가 쓰고 있는 방에서 마시게 되었다. 그녀의 잔에 술을 채워주면서 낮부터 묻고 싶었던 질문을 했다.

"아까 봐서 알겠지만, 나 담배 피우거든. 혹시 집 안에 담배 펴도 될 만한 곳이 있어? 없으면 나가서 피고 와도 되니깐 편하게 답해주면 돼."

"담배? 저기 보이는 문 열면 발코니가 있으니깐 거기서 피면 돼. 창틀에 재털이도 있을 거야. 하지만 오늘 밤은 그냥 여기서 피워. 사실 나도 담배를 피웠었거든. 요즘은 금연 중이긴 한데… 왠지 오늘은 와인 마시면서 한 대 피우고 싶다. 한 개비만 줄래?"

나도 모르게 자연스럽게 담배를 한 개비 꺼내들어 그녀에게 건네주었다. 그녀에게서 쓸쓸한 기운을 느껴서였을까?

담배를 받아 든 사르넬라는 불을 붙이려다 말고 자리를 떴다. 잠시 후 방으로 돌아온 그녀의 한 손에는 시가가 들려 있었다.

"왠지 오늘은 담배보다는 시가가 더 좋을 것 같아."

쓸쓸해 보이던 건 착각이었는지, 시가를 들고 온 그녀는 다이어트 중인 소녀가 오랜만에 떡볶이 집에 온 것처럼 들떠 보였다.

서로의 시가에 불을 붙인 후 와인 잔을 들고 건배하며 우리의 만남을 기념했다. 그녀가 문득 물었다.

"4년 넘도록 여행하다 보면 가족들이 그립겠다. 부모님이 걱정하진 않으셔?"

"너무 그립지만 그리워할 수가 없고, 걱정하실 수도 없어. 두 분 다 이미 돌아가셨거든……."

"미안. 내가 불편한 질문을 했네."

"아니야. 내가 말하고 싶은가 봐. 듣고 싶으면 얘기해줄 수 있어."

모르는 사람에게 자기 일을 말하는 게 더욱 편할 때가 있다고 하던데, 그래서 그런 걸까? 와인에 취해서 그런 건가? 왠지 그녀에게 내 얘기를 하고 싶었다.

　부모님의 이혼, 얼마 후 교통사고로 엄마가 세상을 떠난 일, 사이가 좋지 않았던 계모와의 생활, 그리고 아버지마저 교통사고로 세상을 떠난 이야기들이 와인병이 비워져가는 만큼 차곡차곡 쌓였다. 기억조차 나지 않는 엄마의 얼굴, 힘들 때마다 꺼내 보고 싶은 추억 하나 제대로 만들지 못한 아버지와의 기억들이 그녀와 내 마음을 마구 할퀴고 있었다. 더 이상 참지 못한 내 아픈 가슴이 눈물을 쏟아내기 시작했고, 사르넬라는 말없이 나를 바라보며 함께 눈물을 흘려주었다. 이러고 있는 내가 조금 부끄럽기도 하고, 어서 그만 원래의 나로 돌아와야지 했지만 다른 한편으로는 마음이 편안해진 느낌이다. 눈물방울 괫힌 두 눈으로 나를 넌지시 바라보는 사르넬라의 눈빛은 어떤 말보다, 그 누구의 포옹보다 따뜻하게 나를 위로해주었다.

에리니, 그리고 금발 미녀의 헌팅 거절하기

　구글 지도를 몇 번씩 확인하며 에리니의 집 앞에 도착했다. GPS 장치가 없기 때문에 호스트들의 집을 찾아가려면 지도가 반드시 필요했다. 매번 현지의 상세 지도를 구입하는 것은 금전적으로도 효율면으로도 좋은 선택이 아니었다. 현지인들에게 물으며 찾아가는 것도 벅차다. 구글 지도로 출발지에서 도착지까지의 루트를 복사해서 가지고 다니는 것도 좋은 방법일 수 있으나, 길을 헷갈리지 않기 위해서는 확대된 지도가 필요하다. 하루 6~80km, 때로는 100km의 거리를 이동하는데 그 루트들을 전부 출력하려면 10~20장의 A4 용지가 매번 필요하다. 이 비용 역시도 만만치가 않은데다 한 번 사용하고 버려질 용도로 많은 종이를 사용하려니 자연에게 조금 미안했다. 그래서 구글 지도를 디지털 카메라로 찍어놓고 그때그때 필요한 지도를 확인한다. 찍을 때 실수하지 않고 카메라 배터리가 떨어지지만 않는다면 최고의 방법이다. 내 잔머리는 역시 혁신적이다.

도착했다고 전화하면서 짐이 많아서 도움이 좀 필요하다고 했더니, 단걸음에 그녀가 내려왔다. 언제나 그렇지만 나의 풀세팅 리베르따스와 함께 새로운 호스트를 만날 때면 짐이 너무 많다는 사실에 조금 미안해진다. 혼자서 다 옮길 수도 있지만, 도와주겠다는 고마운 마음을 내칠 만큼 나는 냉정한 인간이 못 된다.

리베르따스로부터 하나하나 짐을 내려놓자 에리니가 몇 개씩 들고 계단을 왕복한다. 내가 하겠다고 말해도 괜찮다며 계속 짐을 날라주었다. 카우치서핑으로 만나는 친구들이 늘 그랬지만 그녀도 마음씨가 참 곱다.

자전거를 끝으로 모든 짐들을 옮긴 후에야 그녀의 집 안 모습이 눈에 들어왔다. 그리스에서 온 친구 카트리나와 함께 살고 있는 에리니의 집은 주방이 딸려 있는 거실이 상당히 넓었다. 벽에는 잡지와 사진들을 이용해 만든 포스터가 붙어 있었고, 거실 중앙엔 테이블과 소파가 놓여 있었다. 빛에서 가장 떨어진 자리엔 매트리스가, 그 매트리스의 발치에는 켜지지 않는 작은 텔레비전 한 대가 있었다. 이 매트리스가 여기 머무는 동안 나의 밤을 책임져줄 친구였다.

언제나 그랬듯이 이 집에서 머물면서 지켜줘야 할 규칙에 대해 확인한 후, 샤워할 준비를 하는 사이에 룸메이트인 카트리나가 왔다. 나보다 좀 더 큰 덩치의 그녀는 시원시원한 성격 같았다. 가볍게 인사를 나누고 먼저 샤워해도 괜찮겠냐고 물었더니 흔쾌히 승낙했다.

샤워기에 물을 틀고 뿌연 거울을 닦으니 길 위의 흔적이 더욱 깊게 새겨진 내 얼굴이 나를 반긴다. 그녀의 집에 도착한 오늘은 길 위에서 맞이하는 다섯 번째 생일이다. 4년이 넘도록 대한민국 밖을 떠돌고 있지만, 단 한 번도 혼자 생일을 맞이한 적이 없었고 생일 축하 파티가 없었던 적이 없었다. 문득 그때마다 내 곁에서 함께 생일을 축하해준 그들이 고맙고 그리워졌다. 오늘도 나 홀로 생일을 맞이하는 건 아니지만, 생일 파티는 없을 것 같다. 뭐, 딱히 파티가 필요한가? 좋은 사람과 함께 하루를 보낼 수 있다면 그것으로 된 거라며 내 자신을 다독였다.

샤워를 마치고 쇼파에 앉았더니 에리니가 말을 걸었다.

"헤이 섭! 미안한데, 여기에 내 친구들이 와도 괜찮겠어?"

"당연히 괜찮지. 너네 집인데, 네 맘대로 해."

"정말 괜찮은 거야?"

"물론이지. 그리고 친구들이 오면 내게도 또 새로운 친구들이 생기는 거잖아."

"그래, 친구들이 오면 같이 놀자!"

"사실 오늘 내 생일이거든. 여럿이서 함께 놀면 더 좋을 거 같은데?"

"뭐? 생일? 어어…그럼, 파티해야지 파티!"

"파티까지는 부담스럽고, 그냥 함께 즐겁게 지낼 수 있으면 좋겠어."

"그래도 생일이면 파티해야지! 암튼 이따가 친구들 오면 파티하자! 아! 생일 축하해!"

눈과 입가에 주름이 지도록 환한 미소와 함께 축하메시지를 전해주는 에리니와 카트리나 덕분에 오늘도 행복을 느꼈다.

잠시 후 커플인 코스타스와 다나이가 왔다. 코스타스는 긴 머리에 콧수염과 턱수염을 적당하게 길렀고, 다나이는 선한 이미지의 처진 눈을 가졌지만 눈썹 아래에 피어싱을 해서 개성이 뚜렷했다. 가볍게 서로 소개하고 거실 가운데 놓인 테이블에 둘러 앉아 술잔을 나누기 시작했다. 늘 그랬던 것은 아니지만 내가 만나는 친구들은 대부분 나처럼 술을 좋아했다. 비슷한 사람들끼리 더 쉽게 이끌리고 만난다는 속설이 마냥 속설만은 아니라는 믿음이 단단해져 간다.

알코올로 몸이 적당히 달궈지자 우린 클럽에 가기로 결정했다. 친구들이 혹시 피곤하면 집에서 쉬라고 말해주었지만, 피곤하지 않았다. 게다가 오늘은 피곤해도 나가 놀고 말 테다. 홀로 집에 남아 있을 리가 만무했다. 택시를 타고 소피아 시내로 나오자 낮과는 다른 분위기가 도시 전체를 둘러싸고 있었다.

강한 비트의 음악이 달팽이관을 통해 귀로 들어오기도 전에 몸으로 느껴진다. 소피아의 클럽에 입성한 것이다. 무척 오랜만에 온 클럽이었지만 흘러나오는 음악에 맞춰 저절로 몸이 비트를 탄다. 세 살 버릇 여든까지 간다더니, 한번 몸에 밴 습관은 자연스럽게 흘러나오기 마련인가보다. 금요일 밤의 클럽은 발 디딜 곳이 없을 정도로 밤을 즐기려는 청춘들로 가득했다.

바를 지나 안쪽으로 좀 더 깊이 들어갔더니 적당한 공간이 있었다. 짐을 한곳에 모아두고 자리를 잡고 있자니 코스타스와 에리니가 맥주를 가지고 온다. 서둘러 맥주 한 병을 비웠다. 손에 병을 든 채 춤을 추는 건 좋아하지 않기 때문이다. 나름대로 비트를 타며 클럽 안을 살펴본다. 몇 시 방향에 아름다운 아가씨가 있는지가 궁금해서가 아니라 소피아의 클럽은 어떤 분위기고 이들은 어떤 춤을 추는지가 궁금할 뿐이다. 특별히 춤을 잘 추는 사람은 보이지 않는다. 호주에서도 느꼈지만 서양인들의 춤은 내 눈엔 좀 심심해 보이기만 하다. 게다가 나는 클럽댄스보다는 나이트댄스에 더 어울리는 인간이 아니던가?

음악이 익숙해지면 눈을 감고 춤을 추는 버릇이 있다. 그러다가 눈을 뜨니 나를 쳐다보고 있는 낯선 사람들이 보인다. 200여 명이 모여 복작거리며 춤을 추고 있는 이곳에 동양인은 나 하나였고, 춤사위도 나만 달랐던 것이다. 그들의 시선이 부담스럽지는 않다. 이미 여행하면서 수많은 사람들의 시선을 받아온 나다. 게다가 난 이미 적당히 취기가 오른 상태다. 몇 병의 맥주를 더 마신 데다, 이곳의 분위기에도 충분히 적응이 된 나는 점점 더 용기 있는 남자가 되어 누구보다 화려하고 현란한 몸짓으로 내 몸을 음악에 맡겼다.

열심히 춤을 추다가 한 여자와 눈빛이 마주쳤다. 주먹만 한 얼굴에 커다란 눈동자, 오똑한 콧날, 어깨 아래까지 내려오는 금발, 하얀 블라우스에 스키니진을 입은 그녀는 미끈한 몸매를 비트에 맞춰 흔들며 날 바라보고 있었다. 동양인이라 신기해서 쳐다보는 건가? 아니다. 그만 바라볼 때도 됐는데 계속 나를 쳐다보고 있다. 왠지 모를 부담감에 먼저 고개를 돌려버렸지만 이내 찾아오는 궁금함에 다시 쳐다봤다. 그녀는 여전히 날 쳐다보고 있었다. 그러더니 거짓말처럼 우리 쪽으로 걸어오

기 시작했다. 한 손에 맥주를 들고 걸어오는 그녀는 더 이상 나를 쳐다
보고 있지 않았다. 하지만 나는 저 걸음의 목적지가 분명 나일 거라고
확신했다.

우리 그룹 쪽으로 천천히 다가온 그녀는 먼저 다나이와 가벼운 인사를
나눴다. 그리고 차례차례 우리 일행들과 인사를 나누며 내 쪽으로 다가
왔다. 곧바로 내게 다가와 말을 걸 만큼 직설적인 사람은 아닌가 보다.

우리 일행들 모두와 인사를 마친 그녀가 내 앞으로 다가섰다. 역시 나
에게 관심이 있다는 느낌은 착각이 아니었다. 술에 취한 건지, 원래 그
런 건지 혀 꼬인 발음으로 그녀가 물었다.

"어느 나라 사람이니?"

"한국 사람인데."

살짝 긴장된 마음을 감춘 채 조금 무뚝뚝하게 대답했다.

"여기서 뭐해?"

"보면 몰라? 춤추는데?"

"그게 아니라, 학생이야? 아님 일해?"

"아니. 난 여행자야. 자전거로 세계일주 중이지."

슬쩍 자랑하고 싶은 마음에 자전거로 세계일주 중이라고 말해버렸다.

"뭐? 자전거로? 멋진데!"

"고마워."

가까이에서 본 그녀의 얼굴은 훨씬 아름다웠다. 어두운 조명 아래에
서 파란빛을 반짝이는 눈동자도 그렇고, 내게 쏘아대듯이 말하는 입술
도 매력적이었다. 이런 예쁜 아가씨가 왜 내게 관심을 보이는 건지 이해

가 안 되기 시작했다. 여행이란 게 원래 예측 불가능하긴 하지만 이건 상상도 한 적 없는 상황이었기 때문이다. 내가 먼저도 아니고 금발 미녀가 먼저 말을 걸어오다니. 어쩔 줄 모르고 있는데 그녀가 혼을 빼는 말을 건넨다.

"너 약 하니?"

뭐? 약? 뭐지? 내가 약쟁이나 약 판매상으로 보이는 건가? 이 여자 위험한 여자인가? 이런 생각들이 머리 속에서 분주하게 움직였다. 하지만 내 입술은 느긋하게 대답했다.

"아니. 나 그런 거 필요 없어."

"그래. 근데 너 여기 살아?"

이 아가씨가 좀 취하긴 한 모양이다. 조금 전 여행자라고 한 말을 그새 잊어버린 걸 보니. 그리고 약이라니, 대체 왜 그런 질문을 한 거지? 내게 약을 팔려는 걸까? 그런 거라면 필요 없다고 했으니 더 이상 질문할 필요가 없을 텐데, 왜 이러는 거지? 머리 속이 점점 더 복잡해지기 시작했지만, 내 귓가에 꼬부라진 혀로 질문하는 그녀는 여전히 매력적이었다. 이따금씩 귓가에 스치는 입술과, 그럴 때마다 볼에 달라붙는 금빛 머리카락에 정신이 홀렸다.

"아니, 나 여기 안 살아. 내일 모레 떠나."

시끄러운 음악 소리 때문에, 나 역시 내 입술을 그녀의 귓가에 가까이 대고 이야기했다. 마음이 설레도 어둠 때문에 눈동자를 볼 수 없는 클럽인지라 속내를 들킬 리가 없다. 참 다행이다. 가벼운 이야기가 좀 더 오고 가던 중 그녀가 불쑥 내게 말했다.

"나 친구들이랑 다른 클럽 갈 건데, 같이 갈래?"

믿을 수 없는 일이 일어났다. 이 클럽에서 한 손 안에 꼽힐 만큼 예쁜 아가씨가 나에게 같이 나가자는 제안을 하다니……. 이걸 어떻게 받아들여야 할지에 대한 대응책이 내 머리 속에 존재하지 않았다. 고민하느라 대답이 없자 그녀가 말을 덧붙이며 내 어깨에 손을 얹었다.

"야, 우리랑 가자. 여기보다 더 좋은 클럽 갈 거란 말야."

술이 좀 취하긴 했지만 아직 정신까지 혼미한 상태는 아니었다. 여행자 기본수칙 3번이 떠올랐다. '평소 자신에게 일어나지 않는 일이 일어나면 일단은 의심해라!' 그러자 아까 그녀가 약 하냐고 물었던 말이 떠오르면서 살짝 무서워진다. 동시에 내게는 일행도 있고, 무엇보다도 호스트인 에리니와 함께 귀가해야 한다는 생각이 떠올랐다.

그래, 여기서 따로 일행과 떨어져 이 아가씨와 나가는 건 에리니에 대한 예의가 아니다. 그러려고 여기에 온 게 아니지 않은가. 거절하자.

"같이 가고 싶긴 한데, 여기 친구들이랑 와서 안 되겠어. 미안해."

"뭐? 그게 무슨 상관이야?"

"상관있어. 나한테 중요한 친구들이거든. 미안."

그러자 그녀가 어처구니가 없다는 표정으로 내게 말했다.

"뭐? 너 지금 나에게 퇴짜 놓는 거야? 어떻게 니가 나한테 이래?"

그녀의 180도 달라진 모습에 조금 놀라기도 하고 미안하기도 했지만, 달리 할 수 있는 일이 없다. 난 동방예의지국인 대한민국에서 왔단 말이다. 지금 클럽에서 우연히 만난 너보다는 친구들이 더 소중하니깐. 한번 더 미안하다는 말을 전하자 그녀는 친구들과 함께 뒤드 돌아보지 않고 인파 속으로 사라졌다.

잘한 거라고 되뇌이며 다시 일행들 속으로 돌아오자 무슨 일이냐고 에리니가 물었다.

"별거 아니야, 나더러 자기 친구들이랑 다른 클럽에 가서 놀자고 그러더라고. 더 좋은 데 있다면서. 근데 그냥 너네들이랑 놀 거라고 거절했어."

"뭐? 왜 그랬어? 너를 마음에 들어하는 것 같던데?"

"그냥. 약 하냐고 물어보더라고. 너네랑 같이 왔으니깐 너네랑 같이 놀아야지."

"약 하냐고 물어봤다고?"

"응. 그래서 안 한다고 그랬더니 이것저것 묻다가 다른 데 가자고 그러기에, 좀 위험한 것 같아서 그냥 거절했지."

"그런 것 같진 않은데. 네가 신기해서 약 했냐고 물었을 수도 있잖아. 너 좀 특이하니깐."

"내가 특이하다고?"

"그래. 이 안에선 좀 특이하지. 그냥 보기에 약 하는 애로 보여서 물어본 건데, 아니라니깐 같이 놀자고 한 거 같은데?"

"그래도 너네랑 같이 왔으니깐 너네랑 같이 놀아야지."

"에이~ 그런 게 어딨어. 너 하고 싶은 대로 해야지. 아니면 우리한테 말하지 그랬어, 같이 다른 데로 가자고. 그 애가 더 좋은 데로 간다고 그랬다며? 안 그래도 여기 슬슬 질려가고 있는데."

갑자기 멘탈이 붕괴되었다. 나 혼자 너무 한국식으로 생각한 거로구

나. 함께 놀다가도 내가 졸리다고 하면 먼저 집에 보낼 친구들이었구나. 하긴 나도 그럴 생각이었으면서 왜 아름다운 금발 아가씨와 친해질 수 있는 기회를 날려버린 걸까? 최소한 물어보기라도 했어야 하는건데 하는 후회가 밀려왔다. 그러나 이제 와 무슨 소용이랴. 난 내 결정에 후회하지 않는 인간이다. 괜찮다. 어차피 내 인생에 없던 일이다. 그냥 이 친구들과 즐겁게 보내면 되는 거지.

"아무튼 생일 축하해!"

에리니가 말했다.

맞다, 오늘이 내 생일이었지. 설마 금발 미녀가 생일선물이었나? 영어도 제법 유창하게 잘하는 게 그냥 날라리는 아니었던 것 같은데… 아…….

하지만 에리니가 아니었으면 클럽에 올 일도 없었다. 그래, 원래 내 인생에 일어나지 않을 일이 어쩌다 일어난 거였다. 그래도 한 가지 생각해 볼 만한 게 생겼다. 역시 서양과 동양의 생각에는 차이가 있는 것 같다. 내 입장에서 당연한 것들이 에리니의 입장에서는 오지랖일수도 있겠다는 생각이 든다. 어쩌면 나는 아직 무늬만 보헤미안일지도 모르겠다.

마약에는 주의!
유럽에서는 마리화나나 엑스터시, 필로폰 같은 마약을 우리나라보다 훨씬 쉽게 구할 수 있다고 한다. 호기심에 시작했다가 마약중독자가 될 수도 있으니 조심하자!

페타르와 스토잔카, 어긋나도 인연은 인연

"오늘 중으로는 불가능한가요?"

"아침 일찍 오셨으면 모르겠는데, 지금 시간으로는 아무리 빨라도 내일 점심때는 되어야 찾을 수 있으실 거예요. 그것도 확답은 못 해드리고요."

어떻게든 해달라고 간절하게 부탁해도, 자전거 가게 주인은 결국 안 된다고 대답했다. 에리니의 집에서 떠나기 전날인 오늘, 앞바퀴의 디스크용 브레이크와 스포크들을 바로잡기 위해 자전거 가게에 왔는데 내가 원하는 시간까지 수리가 불가능하다는 것이다. 내일 세르비아를 향해 떠나려고 했는데…….

어차피 여행이 계획대로 되지 않는다는 건 이미 알고 있고, 특별한 사정이 생겼을 경우 호스트에게 하루 더 머물러도 되냐고 물어봐도 되지만, 카트리나의 가족이 내일 오기로 되어 있어서 더 이상 신세를 질 수 없는 상황이었다. 사르넬라도 아직 여행 중이니, 반드시 다음 목적지로 떠나야 한다. 하지만 점심 이후에 출발이라… 내키지가 않는다. 다른 방법을 찾아야 했다. 가장 확실한 방법은 숙소를 찾아 하루를 더 지내는 것이다. 물론 이건 더 내키지 않았다. 그때 페타르가 떠올랐다.

이미 언급했던 대로, 원래 페타르는 소피아에서 첫 호스트가 될 사람이었다. 내 일정이 변동되면서 투숙할 날짜들을 바꾸다보니 답장이 오지 않게 되었고, 거기에 대고 메일을 보내자니 닦달하는 것만 같아 나도 연락하지 않았던 것이다. 그걸로 페타르와 나의 인연은 끝난 거라고 생각했는데, 생각보다 우리의 인연은 깊었다.

사르넬라의 생일날이었다. 다같이 저녁 식사를 하고 있을 때였다. 모르는 번호로 한 통의 전화가 걸려왔다.

"헬로."하고 받았더니 "여보세요?"라는 한국 남자의 목소리가 들려왔다. 어라? 분명 여기 불가리아 번호가 떴는데 이게 어떻게 된 거지? 하며 고민하고 있는데, 김광섭 씨가 맞냐고 물어온다.

"네. 그런데요?"

"아! 저 이대장인데요."

"아! 네! 근데 제 번호를 어떻게?"

“저희 집 아저씨 말이, 광섭 씨가 오늘 온다고 그랬다는데 연락도 없고 오지도 않아서 어떻게 된 건가 알아보라고 해서요.”

“아저씨라니요?”

“페타르 아저씨네 집에 재워달라고 메일 보내지 않으셨어요?”

헉! 전화를 건 상대는 나처럼 세계 이곳저곳을 자전거로 여행 중이던 동갑내기 부부의 남편인 이대장(이성종)이었다. 그는 나보다 이틀 먼저 소피아에 도착해 페타르의 집에 머물고 있었던 것이다. 답장을 받지 못한 사연을 설명하고, 미안하다고 전해달라고 대답했다. 동시에 반가운 마음에 내일 만나자고 얘기하고는 전화를 끊었다. 진작 전화라도 한 번 더 해봤어야 하나? 하지만 덕분에 사르넬라의 생일을 축하할 수 있었으니 다행이다.

다음 날, 리베르따스를 타고 동갑내기 부부와 만나기로 약속한 소피아 시내의 법원 앞으로 갔다. 소피아로 오는 길에 알게 된 태진(이 친구도 대한민국 자전거 여행자)에게도 연락을 해서 함께 만나기로 했다. 얼마 되지도 않는 대한민국 자전거 여행자 세 팀이 불가리아의 소피아에서 한번에 만나게 되다니 믿기지가 않았다. 서로 비슷한 동네를 여행 중이라는 건 페이스북을 통해 알 수 있었지만, 페타르가 우리를 연결해줄 줄이야!

동갑내기 부부를 만나러 나가니 페타르도 있었다. 걸어서 따라가는 소피아 무료 가이드 투어에 자전거를 타고 나올 수는 없었기에 대중교통을 이용해야 했다. 그래서 페타르가 안내를 해준 것이다. 페타르의 인상은 좋았지만, 마음이 어딘가 모르게 불편했다. 내 계획 때문에 날짜를 바꾼 게 미안하기도 했고, 답장이 없다고 해서 마지막까지 확인하지 않고 '해주기 싫은가?' 하고 지레짐작했던 것도 민망했기 때문이다. 그런 나처럼 페타르도 미안한지, 답장을 했다고 착각했다며 내게 사과했다. 후에 동갑내기 부부에게 들은 이야기인데, 내가 메일을 보내기 며칠 전에 회사에서 퇴직권고를 받는 바람에 다른 일에 신경을 쓸 수 없었다고 한다. 게다가 동갑내기 부부 말고 다른 프랑스 자전거 여행자도 그 집에서 지내고 있어서 할 일들이 많았단다.

그래, 페타르라면 하루 정도 재워줄 수 있을지도 몰라. 동갑내기 부부도 떠났고, 그 프랑스 친구도 떠났다고 들었으니깐 나 한 명 정도는 괜찮겠지? 어설프게 맺은 우리 인연의 매듭을 더 단단하게 마무리해야겠다는 생각도 들었다. 조심스레 페타르에게 전화를 걸어 자초지종을 설명했는데 미안하다는 대답이 돌아왔다. 오늘과 내일은 회사에 나가야 하고(그는 쉬는 날 위주로 게스트를 받고 있었다) 게다가 세 살배기 아이가 감기에 걸려서 아프다는 것이었다. 이러니 나는 나대로, 그는 그대로 또 한 번 서로에게 미안한 마음을 가지게 되었다. 그는 내게 미안하다고 했고, 나는 괜찮다고 하며 전화를 끊었다.

뭐, 안 된다는데 어쩌겠는가. 싫어도 오후에 이동을 하던가, 아니면 어디 싸구려 숙소를 찾아보는 수밖에. 그런데 페타르로부터 전화가 다시 왔다. 혹시 괜찮으면 아는 카우치서퍼 친구에게 한번 물어봐주겠다고 한다. 고맙긴 한데, 쌓여 있는 미안함 때문에 선뜻 그래 달라는 말이 안 나온다. 꼭 된다는 보장은 없으니 기대는 하지 말라는 페타르의 다음

말에 조금 마음이 편해졌다.

얼마 후 페타르가 하루 정도는 머물러도 좋다는 친구의 대답을 전했다. 딱히 싸구려 숙소를 찾지 못하던 차라 그냥 오후에라도 출발해야겠다고 생각하고 있던 나에게는 반가운 소식일 수밖에 없었다. 그럴 필요 없는데도 이렇게 열심히 찾아준 페타르를 보건대 그 친구도 좋은 사람일 거라는 느낌이 들었다.

문제가 있다면, 그 사람 일이 늦게 끝나기 때문에 오후 8시는 되어야 집에 들어갈 수 있다는 점이었다. 하지만 새로운 친구를 한 명 더 알게 될 수도 있다는 생각에 연락처와 주소를 받고 가는 길도 미리 찾아놓았다.

다음 날, 자전거를 되찾은 후 짐을 챙겨 에리니의 집에서 나왔다. 다음 집까지는 자전거로 2시간이면 충분했다. 이미 소피아 투어를 마친 상태라 남아도는 시간을 어떻게 보낼지가 문제였다. 아무도 모르는 나만의 장소를 찾아보자는 마음으로, 리베르따스를 타고 소피아 시내 뒷골목들을 이리저리 헤매다 보니 의외로 시간은 빨리 흘러갔다. 혹시 호스트가 일찍 퇴근할지도 모른다는 생각에, 예상했던 시간보다 조금 일찍 상대의 집을 향해 이동했다. 30분 정도 일찍 도착했지만 내 예상과 달리 연락은 아직 없었다.

배가 고파 근처에 있는 터키식 레스토랑에 가서 저녁을 주문했다. 저녁을 먹고 있는데 오늘 밤 신세 지기로 한 상대로부터 문자 메시지가 왔다. 업무가 있어서 적어도 두 시간 정도는 더 일을 해야 한단다.

헉! 아니아니아니되오! 빨라도 10시라. 그럼 늦으면 얼마나 더 늦나고 물어보았더니 12시가 넘을 수도 있다고 했다.

아… 어떻게든 공짜로 하루 더 머물고 편하게 떠나려던 내 이기심에 천벌이 내려지는구나. 시내에서 제법 떨어진 외곽도시인데, 이렇게 된 거 좀 더 달려가다가 텐트를 치고 자야 하나? 동유럽 12월 날씨에 텐트 치고 자야 하는 상황이라니……. 내 선택에 의해서 정해진 것도 아니고 뭔가 타의(?)에 의해서 생긴 일 같아 왠지 억울한 마음도 들었다. 일단 은 9시까지 기다려보고, 그때 다시 연락해서 10시까지 집에 오는 게 불가능하다면 근처 주유소를 찾아가 텐트를 치기로 했다.

차가운 동유럽의 겨울바람을 맞으며 기다리는 시간은 너무도 더디게 흘렀다. 수만 번도 넘게 들은 MP3 플레이어 속의 음악들도 시려오는 손끝과 지쳐가는 마음을 위로해주기에는 역부족이었다. 괜한 욕심을 부렸다고 후회를 하며, 지금이라도 포기할까 했지만 기다린 게 아깝다는 미련 때문에 계속 기다렸다.

9시가 다 되어갈 무렵 상대에게 연락을 하기 위해 휴대전화를 집어 들었는데, 맙소사! 크레딧이 부족하다. 전화도 문자도 할 수가 없다. 오직 상대방의 연락을 받을 수밖에 없는 것이다. 크레딧 충전이 가능한 곳을 찾아 헤매는데 보이지가 않는다. 지나가는 행인을 붙잡고 물어보니 아마도 이 시간이면 모두 문을 닫았을 것이라고 한다.

아… 이를 어찌해야 하나. 10시나 되어야 연락을 하줄 텐데. 또 한 번 마음의 결정을 해야 하는 순간이었다. 한 시간을 더 기다리느냐 아니면 그냥 포기하고 떠나가느냐. 장고 끝에 포기하기로 했다. 아무리 생각해도 하늘이 나에게 거지 근성을 버리라고 충고해주는 것만 같았기 때문이다.

지나가는 길에 과일가게가 보인다. 내일 아침에 가볍게 먹기 위해 사과 한 개에 얼마나 하냐고 물어봤더니 대답은 하지 않고 짧은 영어 실력으로 어디서 왔냐고 되묻는다. 한국에서 왔다고 했더니, 아니 그거 말고 이거 타고 어디서부터 왔냐고 다시 묻는다. 그래서 이거 타고 한국서부터 왔다고 대답했다. 그러자 정말이냐며 갑자기 비닐봉지에 과일을 주워 담더니 불쑥 내게 내민다.

"어? 그냥 사과 두 개만 사면 되는데?"라고 반문하자, 그냥 가져가라면서 혹시 다른 과일도 필요하냐고 물어본다. 아니 괜찮다고, 그냥 사과 두 개면 된다고 이야기하면서 지갑을 꺼내자 손을 내저으며 받지 않겠다고 한다. 이미 수많은 사람들로부터 고마운 마음과 성의를 받은 나지만, 감사하는 기분이 매번 새롭게 들끓는다.

그때 전화벨이 울린다. 반가운 마음에 확인하니 발신인이 페타르였다. 친구에게 연락을 조금 전에 받았다는 페타르는 미안하다는 말로 대화를 시작했다. 아무래도 친구의 일이 늦게 끝날 것 같으니 자기 집으로 와서 자라는 것이었다. 집에 있는 아내가 조금 전에 차를 가지고 출발했다며, 문자로 번호를 알려줄 테니 통화를 해보라고 한다.

아, 이렇게 고마울 수가. 하지만 지금은 크레딧이 없다. 상황을 설명하고 나에게 전화를 걸어달라고 전했다.

인근에 있던 주유소에서 만나기로 하고, 조금 더 기다리니 페타르의 부인인 스토잔카가 나타났다. 밖에서 오래 기다리게 해서 미안하다며 어서 짐을 차에 싣자고 했다. 하지만 소형차라서 내 자전거까지 싣는 것

은 무리였다. 짐만 떼서 차에 싣고 그녀가 에스코트하며 달리는 길을 자
전거로 쫓아갔다. 20여 분을 달려서 겨우 페타르네 집에 도착했다.

페타르의 집은 방이 하나뿐인 작은 아파트였다. 주방 식탁 옆에 붙박
이 침대가 하나 있었는데 그곳이 게스트를 위한 잠자리였다. 게스트가
2명 이상일 경우 매트리스를 하나 더 준비하기도 한단다. 저녁을 같이
먹자기에 이미 먹었다고 했더니 집에서 담근 와인이라도 한잔 하지 않
겠냐고 물어본다. 직접 담근 거라는 말에 귀가 솔깃했지만, 내일 떠나야
하기에 반 잔만 달라고 하고는 식탁에 셋이서 둘러앉아 이야기를 나누
기 시작했다.

그날 그때까지도 내게 답장을 주지 못한 게 마음에 걸렸는지 페타르
는 그때의 일에 대해 계속 미안하다고 했다. 당시 퇴직권고를 받고 정
신이 없었다는 얘기까지 해주었다. 그냥 스쳐 지나갈 흔한 인연이라고
생각할 수도 있는 일에 대해 이렇게까지 진심으로 계속 미안해하는 페
타르를 보니 이런 게 카우치서퍼들이 가져야 할 마음이라는 생각이 들
었다. 내 카우치 요청 메일을 거절한 친구들은 '다시 볼일 없겠구나'
하고 연락 없이 지내왔는데, 이제는 최소한 답장이라도 꼬박꼬박 해줘
야겠다.

식사를 마친 후 페타르가 앨범 하나를 가지고 온다. 페타르와 스토잔
카가 자전거로 유럽 이곳저곳을 여행할 때의 사진이 담겨 있었다. 보통
배낭 여행자들도 좋지만 자전거 여행자들은 더욱 환영이라고 한다. 같
은 취미나 경험을 가진 사람에게 조금 더 관심이 가는 건 당연하다. 아
직 나누지 못한 이야기들이 산더미처럼 쌓여 있지만, 우리에겐 내일의

일정이 있었다. 끝내지 못한 이야기들은 다음번에 만났을 때 이어서 하기로 하고, 아쉽지만 우여곡절 끝에 성사된 우리의 만남을 마무리해야 했다. 카우치서핑 경험이 늘어날 때마다 하루하루 더욱 많은 빚이 더해지고, 고마운 마음에 가슴이 흐뭇해진다.

호스트만 믿고 그곳에 가지 마라!

B라는 친구는 유럽 여행 중에 카우치서핑을 경험해보기로 하고 일부 도시에서 카우치서핑을 시도했다고 한다. 유레일을 타고 밤늦게 도시에 도착하게 된 B는 역 앞에서 호스트를 만나기로 했다. 11시가 넘어 역에 도착한 B는 호스트에게 연락을 했지만 연결이 되지 않았다. 호스트만 믿고 호텔 부킹도 해놓지 않았건만, 성수기의 압박에 싼 호텔들을 쉽게 찾을 수가 없었고 결국은 예산을 넘어서는 숙소에서 하루를 보낼 수밖에 없었다. 재워주기로 한 호스트가 연락이 되지 않는 이유는 여러 가지이겠지만, 이유가 중요한 게 아니라 그런 상황이 발생할 수 있다는 사실을 꼭 기억하고 만약의 사태에 대비할 수 있는 방법을 강구해놓는 것이 좋다.

이고르네 동양인 만취사건

타는 듯한 갈증, 약간 지끈거리는 머리, 찌뿌둥한 몸뚱아리. 그렇다. 숙취다.

지난밤의 일들이 잘 기억나지 않는다. 주위를 둘러보니 어제 아침과 같은 풍경이 나를 반기고 있다. 내 노트북이 놓인 테이블 너머로 못생긴 시츄가 턱을 바닥에 바짝 붙이고는 반 정도 감은 눈으로 날 쳐다보고 있었고, 나는 호스트인 이고르와 올리베라네 거실 쇼파에 누워 있다. 지난밤의 기억을 떠올리기 위해 애를 썼지만 집으로 돌아오던 길이 좀처럼 생각나지가 않는다. 그렇다면 그전으로 돌아가 보자.

어제 오후 3시. 이고르 부부와 함께 그의 친구인 케파네 집으로 놀러 갔다. 이고르는 세르비아 피로트(Pirot)의 토박이였고, 올리베라는 프랑스에서 태어나 몇 년 전에 세르비아인인 부모님이 계시는 이곳으로 돌아왔다. 두 사람은 사랑에 빠져 결혼을 했다고 한다.

케파는 이고르 부부의 친구 중 한 명인데, 스페인에서 업무상 이곳에 온 지 1년이 조금 지났고 역시 카우치서퍼였다. 카우치 요청을 보냈었는데, 친척이 오기로 되어 있어서 내 요청을 받아들이지 못했다. 친구들과 술 한잔 마시며 수다 떨 계획인데 함께 가지 않겠냐는 이고르 부부의 제안에 나는 흔쾌히 응했다. 새로운 세르비안 친구들을 만날 수 있는 기회를 놓칠 이유가 없다.

오후 3시에 모인 우리는 맥주와 와인을 마시며 이런저런 이야기들을 나누었다. 8시까지 술자리가 이어지자 슬슬 배가 고파지기 시작했다. 그러더니 나에게 드디어 세르비아의 라키아를 만날 시간이라며 기대하라고 했다.

처음 이고르 부부의 프로필을 읽었을 때 가장 인상적이었던 부분은 '밤새 라키아를 마셔도 취하지 않는 법'을 가르쳐준다는 내용이었다. 프로필에 적혀 있는 그 글귀를 본 순간 '여기다!' 라는 생각이 들었다.

자리를 옮겨 도착한 곳은 근사한 레스토랑. 주말 저녁이라 그런지 식당 안에 가족 단위의 사람들이 많이 보였다. 레스토랑 안에 들어서자 사람들의 시선이 한번에 내게로 쏟아졌다. 이런 시간에, 이런 식당에, 아시아인이 나타나는 것 자체가 마을 사람들에게는 뜻밖의 일일 것이다. 한쪽에 마련된 테이블에 자리를 잡고 이고르가 알아서 주문을 했다.

잠시 기다렸더니 에피타이저와 함께 라키아가 나왔다. 한 잔씩 죽 돌리고는 나더러 굉장히 센 술이니깐 조심해서 마시라고 한다. 병을 들어 확인해보니 43도. 이 정도면 보통의 위스키와 비슷한 수준인데 조심하라는 그들의 말이 이해가 안 된다. 나는 음주가무를 즐기는 대한민국의 청년이라고! 이 정도쯤이야!

다같이 잔을 부딪친 후 가뿐하게 원샷했다. 술을 잘 못한다는 케파는 깜짝 놀랐고, 이고르와 올리베라는 "오오!"하며 엄지손가락을 치켜세웠다. 훗, 자식들! 뭐 이 정도 가지고, 하는 마음과 함께 대한민국 남자의 기개를 보여준 듯한 뿌듯함이 가슴속에 차올랐다. 바로 한 잔을 더 채우고 또 원샷. 두 잔을 더 마신 기억까지는 나는데…….

그 이후 기억이 잘 나지 않는다. 고기 요리가 나왔던 거 같은데, 그게 뭐였는지도 기억이 나질 않는다. 기억을 더듬고 있는데, 순간적으로 떠오르는 장면이 내 머릴 이불 속으로 처넣게 만들었다. 그 장면이란 차에서 내려 괜찮다고 말하며 무리에서 멀어진 내가 자신이 먹은 음식을 확인하는 순간이었다. 외국 친구 집에서 제대로 신세 지는구나…….

그때 잠에서 깬 이고르가 괜찮냐고 물었다. 몸은 괜찮다. 다만 부끄러울 따름이다. 어제 일이 잘 기억이 안 난다고 그랬더니 친절하게 설명까지 해줬다. 메인 요리가 나온 순간까지 석 잔을 스트레이트로 마신 나에게, 내 옆에 있던 스페인 커플이 자신들의 잔도 내게 넘겨주었다. 천천히 마시라고 충고하자, 자기는 대한민국 남자라며 나머지 두 잔도 휙휙 들이켜더니, 잠시 후 머리를 테이블에 처박고서 잠이 들었다는 것이다.

아, 부끄럽다. 괜찮다고 혼자 큰소리치더니 레스토랑에 들어간 지 30

분도 안 되서 잠들었다는 얘기다. 모르긴 해도 오늘 일요일 내내 마을 사람들 사이에서 지난밤 한 중국인이(주민들은 아마 중국인으로 추정할 거라고 이고르가 말했다. 역시 중국인들은 어디에나 있나 보다) 라키아를 마시다 기절했다는 우스갯소리가 돌고 있을 거란다.

올리베라가 나에게 어떠냐고 물었다. 부끄러운 것만 빼면 괜찮다고 하자 그건 신경 쓰지 말라며 몸은 괜찮냐고 했다. 몸은 괜찮고 배가 좀 고프다고 했더니 놀란다. 술을 그렇게 마시고 뻗었던 사람이 이렇게 멀쩡한 건 또 처음 본단다. 그 말을 들으니 그나마 대한민국 남자의 자부심을 지킨 것 같았다. 눈을 떴을 때는 어젯밤에 취해서 토하고 민폐를 끼친 게 너무나도 미안하고 부끄러웠는데, 취하면 다 그런 거라며 아무렇지 않게 내 몸 걱정부터 해주는 이 부부가 사랑스럽다. 생각해보면 나라도 외국인 친구가 그런다고 해서 상대가 싫어지지는 않을 것이다. 사람 마음은 다 거기서 거기인 것 같다. 마음과 마음이 만나 친구가 되는 일이 가능한 것! 이런 게 카우치서핑의 매력이 아닌가 생각한다.

자신의 경제적 상태를 솔직하게 이야기해라

한번은 어떤 호스트와 저녁 식사를 하기로 했다. 근사한 레스토랑으로 날 데려간 호스트는 몇 가지 음식들을 추천해주었다. 물론 맛있었고, 함께한 저녁시간도 너무 좋았다. 그런데 문제는 계산할 때였다. 음식의 가격을 미처 확인하지 못한 나는 예상경비를 웃도는 저녁 식사 비용에 적잖게 당황했다. 음식을 내게 대접해준 호스트도 있지만, 가끔은 전혀 예상치 못하게 고비용이 지출될 수도 있다. 호스트의 초대를 거절하지 않으려고 '비싸 봤자겠지' 하는 마음으로 들어선 레스토랑이었는데, 미처 확인하지 않은 날 탓할 수밖에 없었다. '호스트가 데려갔으니 사주려나?' 하는 기대도 물론 금물이다!

안젤리나와 카우치서핑 정기모임

"너 개고기 먹어?"

자기 집으로 나를 안내하던 안젤리나가 던진 첫 질문이었다. 여행 중에 만난 친구들과 몇 번 개고기 이야기를 나눈 적이 있긴 했지만, 만나자마자 이런 질문을 받은 적은 없기에 적잖게 당황했다. 첫 질문으로 굳이 이걸 선택한 친구의 뇌 구조는 어떻게 생겼는지 궁금했지만, 분명 상대에게는 중요한 질문일 것이다. 적절한 답을 찾아야 했다. 개고기를 먹어본 적이 없는 것은 아니지만 일부러 찾아서 먹진 않는데다, 그녀의 질문은 분명 '먹지 않는다'는 대답을 원하는 느낌이었다. 결국 먹지 않는다고 대답했다. 그러자 그녀는 "진짜?"하고 한 번 더 물어보더니 "그럼 고양이는?"하고 물었다. 뭐? 고양이? 이건 또 무슨 질문이냐. 고양이가 먹는 음식이었나? 절대 먹지 않는다고 대답하자, "우리 집에 개 두 마리랑 고양이 한 마리가 있는데 절대 먹지 않을 거지?"라고 묻는다. 이게 농담인지 진담인지 헷갈리기 시작했다. 문득 세르비아인인 그녀가 어떻게 한국인이 개고기를 먹는다는 걸 알고 있는지 조금 궁금해졌다.

이윽고 마르코와 그의 게스트 제롬과 함께 안젤리나의 집에 도착했다. 마르코는 카우치 요청 메일을 보냈던 호스트 밀로쉬 덕분에 알게 된 친구다. 내 카우치 요청이 도착했을 때, 하필 밀로쉬는 감기 때문에 게스트를 받지 않고 있는 중이었다. 그런데 내 요청을 거절하는 게 미안했는지, 평소 알고 지내던 마르코에게 내 이야기를 했다. 이야기를 들은 마르코는 혹시 카우치가 필요하면 연락하라라며 전화번호를 카우치서핑 메시지로 전해주었다. 다행히도 다른 호스트인 안젤리나가 먼저 내 요청에 응해주었기에 마르코의 호의는 정중하게 거절해야만 했다. 하지만 마르코의 마음 씀이 고마워서 만나서 맥주나 한잔 하려고 전화번호를 저장해두었다. 물론 만에 하나 안젤리나와 갑자기 연락이 안 되거나 할 경우에 SOS를 날리기 위해서이기도 하다.

니시(Nis)에 도착해 안젤리나에게 연락을 했더니 일하고 있는 중이라고 했다. 마냥 그녀를 기다리느니 마르코랑 시간을 보내고 있는 게 낫겠다 싶어서 연락을 했다. 약속장소에서 그를 기다리는 사이, 안젤리나가 잠깐 시간을 내서 이쪽으로 오겠다며 연락했다. 해서 거의 비슷한 타이밍에 모두가 한자리에 모이게 되었던 것이다.

안젤리나는 할아버지, 어머니 그리고 개 두 마리와 고양이 한 마리랑 함께 살고 있었다. 할아버지는 2차 세계대전에 참전하셨다는데 다리가 불편하시고, 어머니는 아버지와 이혼하신 후 홀로 안젤리나를 키워오셨다고 한다. 더 많은 이야기를 나누고 싶고 짐도 제대로 풀어놓고 싶었지만, 마르코와 제롬이 기다리고 있는데다 안젤리나는 일하러 돌아가야 했다. 대충 짐들을 놓아둔 후 안젤리나는 일터로 가고 나는 마르코와 제롬과 함께 저녁을 먹으러 가기로 했다.

제롬도 나도, 장기 자전거 여행자답게 싸고 맛좋으면서 배도 불릴 수 있는 곳을 원했다. 여행자들의 주머니 사정을 잘 알고 있는 마르코는 적절한 피자가게로 우리를 안내했다. 피자로 저녁을 먹으면서 자전거 여행이라는 코드로 하나가 된 우리는 각자의 경험담을 나누었다. 자전거 여행 이야기가 끝나갈 무렵, 마르코가 나에게 언제까지 니시에 머물 거냐고 물었다. 딱히 정하지는 않았지만 일단 안젤리나에게 2~3일 정도 재워달라고 부탁해놓았다고 대답했더니, 마르코가 내일 저녁에 카우치서핑 미팅이 있을 거라며 특별히 할 것이 없으면 오라고 했다. 이곳 니시의 카우치서퍼들이 매주 모이는 모임으로, 원래는 게스트들도 함께 나와 서로 교류하지만 요즘 겨울이라 게스트가 없어서 호스트들끼리만 모인단다. 거절할 이유가 없었지만 내 호스트인 안젤리나가 혹시라도 다른 계획을 세워놓았을지도 모른다. 안젤리나와 이야기해보고 확답을 주겠다고 하니, 부담 갖지 말고 자유롭게 선택하라고 마르코가 말했다.

내일 아침 일찍 열심히 달려가야 하는 제롬이 이만 들어가봐야겠다고 했다. 아직 안젤리나의 업무 종료 시각까지는 한 시간 정도 남아 있었지만, 내가 무료하다고 해서 제롬의 시간을 빼앗을 수는 없다. 아쉬운 작별을 하고서 홀로 니시의 밤거리를 걷기 시작했다.

여행은 홀로 해야 제 맛이라고 한다. 하지만 나는 홀로 있는 시간들이 달갑지가 않다. 살아오면서 혼자 있고 싶다고 생각해본 적이 거의 없는 나로서는 이렇게 홀로 보내야 하는 시간이 가장 불편하다. 자전거로 이동하는 동안 철저하게 혼자니까 더 이상 혼자이고 싶지 않은 거라고 할 수도 있겠지만, 사실 그때도 기왕이면 누군가와 함께 달리고 싶은 마음이 더 자주 솟구친다.

세르비아에서 세 번째로 큰 도시인 니시 시내를 걷고 있노라니, 이따금씩 중국인으로 추정되는 동양인들이 보였다. 흔히들 중국인들에 대해 이야기할 때 '중국인들은 어디에나 있어.' 라고 이야기하던데 정말 그런 모양이다. 음악을 벗 삼아서 차가운 바람과 낯선 도시가 주는 외로움을 위로하다 보니 한 시간이 금세 지나갔다. 그리고 다시 만난 안젤리나는 아까보다 더 반가웠다.

이제야 제대로 안젤리나의 가족들과 인사를 나눌 수 있었다. 거동이 불편하신 할아버지는 2차 대전 당시 한국에도 갔었다며 반가워하셨다. 어머니께서는 뭐라도 차려주고 싶어 하셨다. 배고프지 않다고 하자 과일이라도 좀 먹으라며 준비해주신다. 어머니의 마음은 세계 공통이다.

"넌 어떻게 여행을 할 수가 있어?"

안젤리나가 대뜸 따지듯이 질문을 던졌다. 그러고 보니 그녀의 말투는 첫 만남부터 어딘가 불친절한 느낌이다.

"글쎄, 그냥 하고 싶어서 하는 건데……"

“그냥 하고 싶어서라고?”

“어. 그냥 하고 싶은 거 하면서 살고 싶어서 말야.”

“결정하기 어렵지는 않았어? 두렵다거나 뭐 그런 거.”

“결정하는 게 쉬웠다고 하면 거짓말이겠지만 어렵지는 않았어. 그냥 제일 하고 싶은 게 뭐냐고 나 자신에게 물어봤더니 그게 세계일주였거든.”

“다니면서 무섭다거나, 부정적인 기분이 든 적은 없고?”

“음… 아무 두려움 없이 다니는 건 아니야. 다만 두려운 상황을 최대한 만들지 않도록 노력하는 거지. 새로운 것들에 대한 호기심도 많고, 가급적 일어나는 일들을 긍정적으로 받아들이려고 하는 편이라 부정적인 느낌을 가진 적이 없는 것 같아.”

“너 참 신기하다.”

안젤리나는 이해가 되지 않는다는 표정으로 계속해서 질문했다.

“그럼 어떻게 긍정적으로 생각할 수가 있어?”

“어? 왜? 너는 긍정적으로 생각하지 않아?”

“나는 대체로 부정적인 생각이 들거든.”

그녀의 표정이 무척 어두웠다.

“왜 부정적으로 생각하는데?”

“내가 하고 싶은 것들을 하기가 쉽지 않아서. 나도 여행 가고 싶은데, 너처럼 훌훌 털고 떠날 수 있는 상황이 아니야.”

순간 너도 원하기만 하면 얼마든지 나처럼 떠날 수 있다는 말이 목구멍에서 나올 뻔했다. 하지만 말하지 않았다. 사람마다 처해진 입장이 다르고 세상을 살아가는 기준이 다르기에, 때로는 주어진 환경의 제약에 따라 떠나지 못할 수도 있다는 걸 이제는 알고 있기 때문이다.

"글쎄… 긍정적으로 살아보니깐 좋은 일들도 많이 생기고 내가 하고 싶은 일들이 하나 둘 일어나더라고. 그러면서 행복해지고 그래서 더 긍정적이 되고……. 계속 돌고 도는 거 같아."

"그렇게 살아가는 네가 부럽다."

안젤리나는 탄식하듯이 부럽다는 말을 내뱉었다. 나 때문에 그녀가 자기 처지를 더 비관하는 것 같아 미안해졌다. 그런 내 표정을 읽은 걸까?

"역시 네 카우치 요청을 수락하길 잘한 것 같아."

하고 말하더니, 밤이 늦었다며 이만 자자고 한다. 자기 방을 내준 안젤리나는 거실로 자러 나가면서 내 방에서 함께 잘 고양이를 가리켰다. "잡아먹으면 안 돼!"란다. 무뚝뚝하고 따지는 말투 속에 숨겨진 따스함이 느껴지기 시작했다.

다음 날 저녁.

니시 카우치서핑 모임에 대해 안젤리나에게 물었더니, 자신은 참석한 적이 없지만 내가 원한다면 함께 가자고 했다. 다만 오늘도 일이 늦게 끝나니 먼저 모임장소에 가 있으란다. 하루 종일 돌아다녔더니 조금 피곤하기도 하고, 낯선 모임에 홀로 가려니 관둘까 싶기도 했는데 약속 장소가 안젤리나 집에서 5분 거리였다.

그래, 재미없거나 너무 피곤하면 금방 되돌아올 수 있으니 일단 참여해보자! 나는 약속 장소로 향했다.

카페에 들어서기 전에 마르코에게 전화를 걸었다. 그래도 아는 사람이 한 명 있다는 사실이 반가웠는데, 안타깝게도 마르코는 아직 도착하지 않은 상태였다. 에이 모르겠다, 일단 들어가서 부딪쳐보자 하며 카페 안으로 들어섰다. 주위를 둘러보니 3~4명 그룹 단위로 네 테이블 정도가 눈에 띄는데 어느 테이블이 카우치서핑 미팅인지 전혀 감이 오지 않았다. 주위를 두리번거리고 있으니 종업원이 다가왔다. 낮은 목소리로 어디가 카우치서핑 모임이냐고 물었더니 저 안쪽을 가리킨다. 아, 저쪽에 따로 자리가 있구나.

안쪽으로 들어갔더니 남자 둘이 자리에 앉아 있었다. 체격이 좋은 남자가 나를 보더니 일어서면서 반갑게 악수를 청했다. 서글서글한 인상에 사람 좋게 생긴 이 남자가 바로 밀로쉬였다. 밀로쉬가 다른 친구에게 나를 소개시켜 주려는데, 사람들이 우루루 밀려들어왔다.

이번 모임에서 화제의 인물은 단연 나였다. 그들은 서로 아는 사이였기 때문에 특별히 상대에게 질문할 것이 없었다. 게다가 그들 중 일부는 동양인과 대화를 나눠보는 것도 처음이었다. 나는 새로운 친구들을 만나면 해줄 이야깃거리가 많아진다. 게다가 문화가 다른 외국인이니 이야깃거리가 몇 곱절로 늘어나는 게 당연하다. 그동안 수없이 해왔던 이야기라 영어로도 크게 버벅거리지 않고, 이들도 영어가 모국어가 아니니 별로 부담스럽지 않다. 그러고 있자니 어느새 안젤리나도 일을 마치고 모임에 합류했다.

오고 가는 대화 속에 내 관심을 끈 이야기는 세 가지였다. 하나는 수십 년 전부터 중국인들이 이곳에 와서 살고 있는데, 지금까지 죽은 중국인이 단 한 명도 없다는 것이다. 무병장수를 하고 있는 건 아닐 텐데 왜 죽은 중국인이 하나도 없는지 미스터리라고 했다. 몇몇 친구들은 죽기 전에 고국으로 돌아간 거라고 추측했다. 동양인들이 서양인들보다 오래 살아서 아직 죽은 사람이 없는 거라고도 했다. 똑같은 사람인데, 확실히 인종에 따른 환상이 사람들의 머리 속에 있나보다.

또 하나는 이곳 니시에 싱글녀가 많다는 얘기다. 괜찮은 남자들이 다수도인 베오그라드로 떠났기 때문에 여자들이 훨씬 많다고 했다. 맘에 드는 남자가 간혹 나타나도 좀 치근거려야 못 이기는 척하고 어울릴 텐데, 이 도시 남자들은 여자에게 관심이 없는 건지 소심한 건지 답답하다는 얘기였다. 그동안 유럽이란 곳에 대해 가지고 있던 선입견이 와르르 무너지는 기분이었다. 동유럽이라 그런가? 아니면 니시만의 특징일까? 아니면 흔히들 이야기하는 케이스 바이 케이스일까? 뭐, 내가 깊이 고민할 문제가 아니라는 건 확실했다.

마지막은, 내가 한국인이라고 하자 여자 한 명이 대뜸 "너 스타크래프트 할 줄 알아?"하고 물었을 때였다. 한때 잠깐 플레이했다고 하자, 자기도 한다면서 한국 선수들이 완전 훌륭하다고 칭찬했다. 인터넷에 올라온 플레이를 보고 있노라면 감탄이 쏟아진단다. 세르비아의 니시에 거주하며 음악을 전공한다는, 그것도 여자인 사람이 대한민국 스타크래프트 선수의 팬이란다. 한국에 가면 어떻게 해야 선수들을 만나볼 수 있냐고 묻기까지 했다. 정말 다양한 방법으로 대한민국이 세계에 알려지고 있다는 생각이 들었다.

니시 카우치서핑 정기모임은 생각했던 것보다 즐거웠다. 서로 다른 문화와 삶에 대한 자세들을 나눌 수 있었기 때문이다. 자신의 나라에 온 손님을 환대해준 덕분에 그들을 대하는 내 마음도 반듯해졌다. 나도 한국에 돌아가면 마음 맞는 친구들과 함께 이런 교류의 장을 만드는 게 좋겠다는 생각이 들었다. 한국을 알기 위해 왔거나, 한국에 관심이 있어서 왔거나, 아니면 정보 없이 그냥 온 사람들이 한국을 알아갈 수 있는 모임. 한 명의 친구를 깊게 알아가는 것도, 여러 명의 친구들을 통해 다양한 경험을 하는 것도 좋다. 길 위에서 만나는 친구들을 통해 익숙한 나를, 새로운 나를, 때론 잊힌 나를 만나는 여행이 진짜 여행이 아닐까?

그룹을 활용하라

카우치서핑 웹사이트 안에는 그룹이라는 메뉴가 있다. 우리나라의 카페 커뮤니티들과 비슷한 성격을 가지고 있다고 생각하면 된다. 각 나라, 문화, 도시, 취미에 맞게 여러 그룹 메뉴들이 있고 그 안에서 각종 이벤트들이 발생하고 있다. 자신의 관심사에 맞게 그룹에 가입을 하고, 해당 도시에서의 이벤트를 찾아서 경험해 보는 것도 좋은 기회가 될 것이다.

광섭군이 텐트 안에 숨어서 질질 짜고 있다. 울고 있는 이유도 참 멋없다. 외로워서란다. 갑자기 찾아온 외로움이 보고 싶은 사람들을 떠올리게 하는 그리움으로 변했기에, 그게 눈물로 승화되어 나온 거란다. 감정 때문에 갑자기 수도꼭지를 튼 것마냥 눈에서 물이 새어나온다니, 인간의 몸이란 참으로 신비롭고 쓸데없는 기능을 갖추고 있다.

여행을 하고 있으면 많은 사람들이 광섭군에게 묻는다. "혼자 여행하는데 외롭지는 않냐?" "가족들이 걱정하지는 않냐? 보고 싶지 않냐?"고. 그럴 때마다 대수롭지 않다는 듯이 "매일매일 새로운 친구들을 만날 수 있어 외롭지 않다."고 당당하게 말하더니만, 결국 허세였다.

광섭군의 부모님은 그가 어릴 때 돌아가셨다고 한다. 나는 자전거이기 때문에 부모님이 일찍 돌아가신다는 것이 무엇을 의미하는 건지 잘 모르겠다. 하지만 부모님이 안 계시다는 사실을 광섭군이 주변에 얘기할 때마다 사람들이 매번 보이는 반응으로 추측하건대, 그건 인간 세상에서 매우 유감인 사건이며 또 외로운 일인 모양이다. 참 이상하네. 내겐 아예 부모님이 있었던 적도 없는데 왜 나한테는 아무도 위로를 안 해주냐고. 외로워 보이지 않아서 그런가?

하긴 외롭지는 않다. 외롭다는 게 뭔지도 모르겠다. 아무도 자신에게 관심이 없고, 세상에게서 버림받은 것 같고, 자신을 책임질 사람이 오로지 자기 혼자뿐인 것처럼 느껴질 때의 감정을 '외롭다'는 말로 표현한다고 한다. 흐음. 그건 세상에 태어난 이상 당연한 거 아닌가? 왜 사람들은 쿨하지 못하게시리 너도 나도 관심받고 싶어서 안달이 난 걸까.

광섭군이 사람을 좋아하는 것도 그렇다. 언제나 상대의 태도를 긍정적으로 받아들이고, 어떤 일이 일어나도 다 괜찮다고 말하지만, 저런 눈치 없는 무한긍정 태도는 그가 세상에 대해 세워놓은 방어벽일 뿐이다. 상대방이 자신에 대해 무슨 생각을 하고 있는지 이해하고 맞추는 것은 피곤한 일인 데다, 분명 상처받게 될 테니까. 누구나 다 하는 일을 저 혼자 해낸 것처럼 잘난 척하는 자뻑 기질도 마찬가지다. 자신이 특별한 인간이라고 믿지 않으면 스스로를 인정할 수 없는 모양이다. 나처럼 외로움도 안 타고 관심받고 싶어서 안달 내지도 않는 시크한 자전거 입장에서 보면 정말 바보 같은 몸부림이다. 저만큼 나이를 먹었으면 좀 철이 들어야 할 텐데.

하긴 철이 든다 해도 크게 달라질 건 없겠지. 남들 다 하는 것처럼 한곳에 붙박인 채 열심히 일하고 돈 벌고 친구를 만들어봤자, 결국 누구나 혼자인 이상 외로움으로부터는 도망칠 수 없을 테니까. 어쩌면 그래서 광섭군이 집에 안 가고 열심히 세계일주를 하고 있는 걸지도 모른다. 적어도 여행을 하는 동안엔 외로움에 납득 가는 이유라도 붙일 수 있으니까. '혼자 여행 중이니까 외로운 건 당연한 거야.'라그. 하지만 사실은 집에 있어도 친구와 있어도 외로울 땐 외롭다. 그걸 인정하기 싫으니까 도피 중인 걸지도 모르겠다.

만일 그런 거라면 현실을 받아들이고 맞설 준비가 되었을 때, 그는 집으로 돌아가겠지. 여행을 끝내고.

여행을 끝낸다고?

그렇게 생각한 순간, 안장 부근이 약간 찌릿하는 것 같은 기분이 들었다. 처음 느껴보는 감각이다.

어쩌면 이게 사람들이 얘기하는 외로움인 걸지도 모르겠다.

나의 첫 남자 호스트 알렉스

카우치서핑 사이트에 접속해서 호스트를 찾아 일일이 요청 메일을 보내는 작업은 결코 쉽지 않다. 처음으로 호스트를 찾을 때야, 그냥 하룻밤 신세 질 마음으로 아무나 찾아서 메시지 내용을 복사하고 붙여서 상대방에게 보낸 뒤 그냥 기다렸었다. 하지만 차츰 카우치서핑의 매력에 빠져들면서, 여행의 만족도를 높이기 위해 호스트들의 프로필을 하나하나 세세히 살펴보게 되었다.

내가 원하는 조건에 따라 화면에 나타나는 수많은(작은 도시의 경우는 열 명 이내 혹은 수십 명 이내지만 큰 도시의 경우는 수백 명이 넘는다) 호스트들의 프로필을 일일이 확인하고, 불특정 다수에게 보내는 메시지가 아니라고 상대방이 인지할 수 있도록 메시지를 작성한다.

그러다가 흥미로운 점을 찾아냈다. 남자는 여자에게, 여자는 남자에게 관심이 있다는 사실이다. 어찌 보면 아주 당연한 사실을 재발견한 것이다.

처음 요청메일을 보낼 당시, 여자보다는 남자에게서 답변이 많이 올 거라고 생각했었다. 나도 남자로 태어났기에 남자보다 여자에게 조금 더 관심이 많은 것이 사실. 요청메일은 대체로 남자 반, 여자 반의 비율로 보냈다. 위에서 언급한 대로 그들이 어떤 사람인지 제대로 확인하지 않고 보내서 그런 것도 있다. 대부분이 답변조차 없이 내 요청을 무시했고, 답장이 오는 경우는 허락과 거절, 이 두 경우이다. 한데 거절메일은 주로 남자로부터, 허락메일은 주로 여자로부터 왔다. 물론 100번 넘게 이런 경험을 한 게 아니라서 이게 진리라고 말할 수는 없지만 느낌이 그렇다. 그 이후로는 남자보다는 여자 호스트들에게 조금 더 높은 비율로 요청메일을 보냈다. 여자가 좋아서가 아니라, 호스트가 날 게스트로 맞이할 확률이 높은 경우를 선택하자는 게 주된 이유였다. 지난번 소피아에서도 날 게스트로 수락해준 건 두 명의 여자와 한 명의 남자(그것도 커플)였지 않은가?

그런데 이곳 세르비아의 수도 베오그라드(Beograd)에서 새로운 경험이 시작되었다. 지금까지의 카우치서핑 경험에 한 번도 존재하지 않았던 싱글남이 내 호스트가 된 것이다. 세르비아의 수도인 만큼 여러 명의 호스트가 이 도시에 살고 있었고, 평소처럼 10~20여 통의 요청메일을 남녀 3:7의 비율로 보냈다. 그리고 알렉스라는 이름의 남자만이 수락해 주었다.

알렉스의 집은 작은 정원이 딸린 이층집이었다. 지하실에 리베르따스를 넣어두고 들어선 집 안에는 엔틱한 분위기가 가득했다. 붉은색 거실 벽에 걸린 초상화들이 가장 먼저 눈길을 끌었다. 증조할아버지와 할머니부터 시작해서 부모님의 젊은 시절은 물론 친척들의 초상화도 걸려 있다고 알렉스가 설명했다. 초상화들이 걸린 벽 아래로는 동양적인 느낌의 서랍장이 도자기, 시계, 그릇 등 다양한 골동품들과 함께 진열되어 있었다. 마치 개인 박물관에 온 것 같은 기분이 들었다.

지금까지 카우치서핑으로 머문 곳 중에 가장 멋진 집이다. 더 반가운 소식은 내가 잘 곳이 바로 이 거실이라는 사실이었다. 부모님의 사업으로 어릴 적에 중국에서 살았기 때문에 동양미가 흠뻑 묻어나는 물건들이 많다고 했다. 그러더니 갑자기 거실에 놓인 텔레비전이 삼성 제품이고 냉장고는 LG 거라면서 엄지손가락을 치켜세워준다. 대한민국의 가전제품이 점점 더 세계 곳곳에서 많이 보이고, 각 브랜드들이 대한민국 제품이라는 인식도 조금씩 늘어나고 있다. 좋은 제품의 기업 인지도는 분명히 대한민국의 인지도를 높여준다. 이는 대한민국의 국민인 내게도 긍정적인 영향을 끼치고 있었다.

바람을 가르며 흘린 땀을 샤워로 말끔히 씻고 나오니 알렉스가 가벼운 저녁 식사를 준비해 주었다. 부모님께서 약속이 있으셔서 우리 둘이 가볍게 저녁을 먹어야 한단다. 부엌으로 들어서니 샌드위치가 준비되어 있었다. 바게트에 초콜릿이나 잼을 발라 먹기 일쑤인 내게 각종 햄과 치즈가 준비된 샌드위치는 진수성찬이다.

저녁 식사를 하며 알렉스가 특별히 하고 싶거나 가고 싶은 곳이 있냐고 묻는다. 딱히 생각한 건 없다고 하자, 혹시 음악은 좋아하냐고 했다. 헤비메탈을 제외하고는 대체로 좋아한다고 대답하니, 밴드를 하는 친구가 있는데 오늘 공연이 있다면서 거기에 가는 건 어떻겠냐고 물어본다. 헤비메탈 밴드는 아니라고 하는데 좀 특이한 밴드라서 내가 좋아할지 어떨지 모르겠단다. 내가 좋아할 만한 공연은 아닌 듯한 느낌이 강하게 들었으나 동시에 호기심도 솟아나기 시작한다. 결국 알렉스와 함께 공연을 보러 가기로 했다.

시티투어를 마치고 공연이 열리는 곳으로 이동했다. 폐건물처럼 보이는 5층 건물이었다. 안으로 들어서도 딱히 다르지 않았다. 옅은 주황빛 전구 하나가 엘리베이터 앞 공간을 겨우 비추고 있었고, 그 외 다른 곳은 제대로 분간하기 힘들었다. 엘리베이터를 기다리는데 한참을 기다려도 내려오지 않는다. 그때 누가 계단으로 내려오면서, 전기 문제로 엘리베이터가 잘 작동하지 않는다고 말했다. 할 수 없이 계단을 통해 올라가기로 했다.

불도 없이 컴컴한 계단을 휴대전화의 불빛에 의지해 오르자니, 스릴러 영화에 나오는 음침한 클럽이 머리 속에 떠올랐다. 폭력, 마약과 섹스가 난무하는 장소가 나오는 건 아닐까? 그러나 4층에 위치한 공연장 앞에 도착하자, 주위를 환하게 비추는 불빛이 내 두려움과 기대를 보란 듯이 날려버렸다. 알렉스가 몇몇 친구들과 인사를 나누며 나를 소개시켜 주었다. 아직은 공연 준비 중이라며 밖에서 기다리라고 했는데, 비영어권 국가인 이곳에서 나는 또 한 번 동물원 원숭이가 되어야 했다. 그래도 알렉스와 함께 왔기 때문에 두렵지는 않았다. 알렉스가 아니었다면 이런 곳에 오게 될 일은 아마도 없었을 거다. 첫 번째 남자 호스트로 알렉스를 만나게 된 건 역시 잘된 일이구나.

맥주 한 병을 손에 들고 공연장으로 들어섰다. 비주얼적으로 화려하진 않은 4인조 밴드가 무대 위에 서 있다. 어떤 음악을 들려줄지 기대가 되었다. 알아들을 수 없는 세르비아어로 인사를 마치고 드디어 공연이 시작되었다.

내 느낌은 신선함, 지나치게 신선함 그 자체였다. 연주 실력이 출중하지도 않고 보컬이 대단하지도 않고 멜로디가 감동을 주지도 않는, 도저히 뭐라 설명할 수 없는 그런 음악이었다. 아까 어떤 음악이냐고 물어보니 알렉스도 설명을 못 하고 들어보면 알 거라고 했는데, 정말 그랬다. 그러나 다른 사람들은 가끔 따라 부르기도 했고, 한 곡 한 곡 끝날 때마다 환호와 박수로 호응했다. 놀라운 건, 나 역시 점차 그들의 음악에 길들여져서 이곳의 분위기에 어울리고 있었다는 것이다. 아쉬운 점은 노래 중간 중간 모두가 웃을 때마다 가사를 모르는 나만 소외되곤 했다는 사실이었다. 영어를 유창하게 구사하기는커녕 여전히 울렁증이 있는데도 불구하고 영어로 해줬으면 할 정도였다.

공연을 보고 있는데 옆에 있던 친구가 내 어깨를 툭툭 치더니 술병을 건네준다. 두 손을 좌우로 펼치며 뭐냐고 몸으로 묻자, 오른손을 들어 입으로 가져가더니 마시라고 몸으로 대답해준다. 이런 거 마셔도 되나? 알렉스를 쳐다보니 괜찮다며 마시란다. 분위기가 달아오르자 누군가가 럼을 하나 주문해 돌리고 있는 거였나 보다. 왠지 좋다, 이런 거.

알렉스가 나한테 피곤하지 않냐고 물어본다. 술이 적당히 들어갔으니 피곤할 리가 없다. 5층에서 재즈 공연이 있다며 아직 안 끝났을 테니 올라가보자고 한다. 알렉스의 친구들과 함께 5층으로 올라갔지만, 아쉽게도 재즈 공연은 이미 끝나 있었다.

가볍게 맥주 한 잔씩 하면서 이런저런 이야기를 나누고 있는데, 알렉스의 친구인 마르코가 내게 여자 친구 있냐고 물었다. 없다고 했더니 옆에 앉아 있던 아가씨 한 명을 가리키며 이런 여자는 어떠냐고 묻는다. 술을 마셨음에도 불구하고 당황스러웠다. 마르코는 그 여자에게도 '이런 남자 어떠냐' 고 물었다. 이렇게 직설적인 친구라니. 술이 취해서 그런 건가? 난처해하고 있는데, 여자더러 '얘는 밤일도 잘하니 한번 자 보라' 며 결정타를 날린다. 여자가 마르코에게 F가 들어 있는 욕설을 날리자 농담이라며 웃음으로 아무렇지 않게 넘긴다. 할리우드 삼류 영화에 나오는 상황이 눈앞에서 실제로 펼쳐진 거다. 정말 다양한 사람들이 다양한 방식으로 살아가고 있다.

공연이 더 이상 진행되지 않기에 다른 곳으로 이동하기 위해 밖으로 나왔다. 공연이 끝나갈 무렵 합류한 알렉스의 여자 친구, 마르코, 그리고 몇몇 친구와 함께 차로 이동할 때였다. 마르코가 내게 게이 클럽에 가봤냐고 물었다. 이 친구는 오늘 나를 만나서 무척이나 반갑고 신이 나나 보다. 조금 지나치긴 하지만 끊임없이 새로운 상황을 만들어주는 이 친구가 밉진 않았다. 가본 적이 없다고 하자 여자를 꼬시려면 게이 클럽에 가야 성공할 확률이 높다면서 같이 가자고 한다. 모처럼 세르비아에 왔는데 세르비아 여자랑 섹스 한번 해봐야 하는 거 아니냐며 계속 조른다.

이 대책 없이 동물적인 본능만 가득한 남자를 어떻게 대해야 할지 머리가 아팠다. 내 마음속에도 동물적 본능이 자리잡고 있긴 하지만, 이 친구와 함께 본능을 발산하기에는 아직 충분히 이성적이었다. 게다가 게이 클럽이라니, 별로 내키지가 않는다. 호주에 있을 때도 마른 체형에 한국 스타일로 입은 옷 덕분에 몇몇 게이들에게 호감을 산 적이 있는데, 게이 클럽에 가면 분명 제법 많은 남자들이 내게 추파를 던질 거라는 불안감이 마음을 지배하기 시작했다. 설마 마르코가 게이는 아니겠지? 여자를 꼬시러 게이 클럽에 간다는 게 말이나 되는 소린가…….

어떻게든 이 상황을 모면해야 했다. 행여나 함께 있는 다른 멤버들이 가자고 하면 대략 난감이다. 그때 알렉스가 내게 어디로 가고 싶냐고 물었다. 클럽에 가서 한잔 더 해도 되고, 피곤하면 이만 집에 돌아가도 좋다고 한다. 기회다! 내일 일정을 핑계 삼아 조금 피곤하다고 하면서 집에 가고 싶다고 했다. 덕분에 마르코와 작별할 수 있었다.

알렉스와 함께 집으로 돌아왔다. 한밤중이라 괜한 소음으로 부모님이 깨지는 않으실까 걱정했는데, 부모님과 알렉스의 방은 2층에 있어서 거실에서 아주 큰 소음을 내지만 않으면 들리지 않는다며 걱정하지 말란다. 베개와 담요를 준비해온 알렉스가 많이 피곤하냐고 물었다. 그런 건 아니라고 했더니 자기도 아직 졸리진 않으니 잠깐 이야기를 나누는 건 어떠냐고 했다. 물론 거절할 이유가 없다. 남자 둘의 심야 대화가 시작되었다. 내 여행 이야기로 시작된 우리의 대화는 날이 거의 샐 무렵까지 이어졌다. 여행에 대한 서로의 생각, 삶에 대한 자세, 그리고 지난 연애 담까지 마음속에 쌓여 있던 이야기를 쏟아냈다.

이렇게 솔직하게 이야기를 나눌 수 있어서 참 좋다고 알렉스가 말했다. 아마도 나이가 들면서 이런 이야기를 나눌 시간이 부족해지고, 또 이야기할 상대를 새로 만나기가 점점 어려워지기 때문일 것이다. 처음 만난 낯선 상대이기 때문이 아니라 서로 공감하고 이해가 되는 부분이 대화 속에서 많이 겹치다 보니 진심이 새어나온 것이다. 새로운 경험은 나를 새롭게 만들고, 새롭게 만나는 사람들을 통해 자신을 재발견한다. 오늘도 카우치서핑 덕분에 좋은 친구를 얻었다.

프로필을 자세히 읽어라

한번은 프로필을 검색하다가 나체주의자인 남자 호스트를 카우치서핑 서치에서 찾은 적이 있다. 호기심에 그 집에서 지내볼까 하는 마음이 들었지만, 프로필을 읽어보고는 결국 포기했다. 프로필을 보니 그 친구가 동성애자인데다가, 자신은 집에서 나체로 생활하기 때문에 자신의 집에서 머물 계획이라면 게스트 역시 나체로 지내야 한다고 적어놓았기 때문이다. 남자로서 여자 호스트라면 주저없이 시도해보았겠지만, 남자 호스트가 동성애자라는 사실이 자꾸 맘에 걸려 차마 용기를 내볼 엄두조차 나지 않았다. 내 섣부른 판단일 수 있지만, 마음이 편치 않은 선택을 용기 내서 해볼 필요까지는 없다고 생각했다. 만약 제대로 확인하지 않고 그 남자를 호스트로 선택해서 게스트가 되었다면… 아무리 새로운 경험이 흥미롭다 해도 이건 결코 하고 싶지 않다!!

레이첼, 암스테르담의 크리스마스

　카우치 요청에 대한 답장 응답률이 낮은 것으로 유명한 도시. 50여 통이 넘는 카우치 요청메일을 보내보았지만 한 통의 답장도 받지 못한 도시. 일 년 내내 성수기라서 가장 호스트를 찾기 어려운 곳 중의 하나라고 불리는 도시. 바로 암스테르담(Amsterdam)이다. 크리스마스와 새해를 보내기 위해 도착한 이곳 암스테르담에는 네팔에서 만난 지인 유리가 살고 있었다. 덕분에 그녀의 집에 머물 수 있었다. 2주씩이나 유리 집에서 머물기엔 좀 미안해서 카우치 요청을 20여 통 보냈다. 그런데 카우치서핑 이용 후 처음으로, 단 한 통의 수락메일도 받지 못하는 경험을 하게 된 것이다. 나중에 만난 암스테르담의 카우치서퍼들에게 들은 이야기로는 하루에도 수십 통, 성수기에는 수백 통의 카우치 요청메일을 받기 때문에 일일이 예스, 노를 답해주기도 힘든 곳이 이곳 암스테르담이라고 한다.

이처럼 여행자들의 발길이 끊이지 않는 암스테르담에서는 카우치서핑의 그룹이나 액티비티 활동도 활발하게 이뤄지고 있었다. 특히나 크리스마스를 앞둔 연말이니, 카우치서핑의 메인 페이지에는 암스테르담에서 열리는 각종 파티에 함께하자는 글들이 가득했다. 아직 2주라는 시간적 여유가 있으니 카우치 요청메일은 천천히 보내기로 하고, 어떤 모임에 가면 크리스마스와 연말을 재밌게 보낼 수 있을지 생각하며 그룹과 액티비티 페이지를 열심히 훑어보았다.

액티비티 페이지에서 눈에 띄는 파티를 하나 발견했다. 캐나다 출신의 레이첼이라는 사람이 주최한 크리스마스 하우스 파티였다. 각자 음식을 준비해와서 나눠먹으며 밤새도록 어울려 놀자는 내용이었는데, 이미 20명 이상의 카우치서퍼들이 참석 의사를 밝힌 상태였다. 아는 사람이 전혀 없는 파티에는 한 번도 가본 적이 없었지만, 그동안 카우치서핑을 하면서 만난 이들도 모두 아는 사람이 아니었다는 사실을 되뇌이면서 참가(Join) 버튼을 눌렀다.

크리스마스 이브.

신세를 지고 있는 유리와 그의 남자 친구 성민에게, 혹시 함께 크리스마스 파티에 가지 않겠냐고 물었더니 별로 내켜하지 않는다. 하긴 커플에게 크리스마스는 둘만의 데이트를 즐기기 위한 날. 오히려 나와 함께 놀아줘야 하는 부담감을 덜어준 셈이다. 신세 지고 있는 유리의 아파트는 암스테르담의 외곽에 위치했는데, 오늘 파티 장소인 레이첼의 집도 그리 멀지 않은 거리에 있었다. 구글 지도로 위치를 확인한 후 집 밖으로 나왔다. 파티 장소로 향하는 길에 슈퍼마켓에 들러 식스팩 맥주도 구입했다. 고맙게도 유리가 미니주먹밥을 만들어서 싸주었다.

초행길인데다 밤이고 거리 이름을 확인하기가 쉽지 않아서 조금 헤맸다. 드디어 레이첼의 집 근처에 도착했는데, 정확히 어느 집인지 알아채기가 힘들었다. 전화를 걸었더니 건물 위에서 "여기 여기!"하는 소리가 들렸다. 쳐다보니 금발의 아가씨가 손을 흔들며 올라오라고 한다. 암스테르담 특유의 좁은 계단을 따라 위로 올라가다보니 시끌벅적한 소리가 들려온다. 살짝 긴장이 된다. 제발 오늘만큼은 내 영어 실력이 평소보다 좀 더 잘 발휘되길 바란다. 계단을 올라가니 오늘의 호스트인 레이첼이 문 앞에 서서 날 반기고 있었다. 통성명을 한 후 볼에 키스로 인사를 마무리하고 안으로 들어서자, 열댓 명 정도의 친구들이 여기저기 흩어져 있었다. 요리 준비로 정신이 없는 레이첼은 날 거실에 홀로 남겨두고 사라졌다. 눈이 마주치는 친구들에게 미소를 띠면서 "하이"하고 인사를 건네고 나니 딱히 뭘 해야 할지 모르겠다.

거실 한쪽에 있는 테이블 위에는 여러 음식들이 놓여 있었다. 그래, 일단 음식이나 내려놓자. 가방에서 미니주먹밥을 꺼내 내려놓았다. 맥주도 냉장고에 넣어둬야겠기에 부엌으로 갔더니 아가씨 세 명이 분주하게 움직이고 있었다. 호스트로서 음식을 준비 중인 레이첼과 그녀의 친구들이었다. 맥주를 보관하고 싶다고 했더니, 냉장고에 자리가 없으니까 발코니에 두라고 한다. 하긴 겨울인데 굳이 냉장고에 둘 필요는 없다. 어색한 마음을 풀기 위해 맥주 한 캔을 들고서 거실로 돌아왔다. 수많은 외국인들을 만났지만 불특정 다수와의 시작은 언제나 위태위태하다. 단지 영어 울렁증 때문만이 아니라, 무슨 이야기를 나눠야 할지 고민하다 보니 선뜻 말을 건넬 용기가 나지 않는 것이었다.

일단 맥주를 따서 벌컥벌컥 들이켰다. 괜히 용기가 샘솟는 것 같은 느낌이 든다. 이론적으로, 대화는 어려운 게 아니다. 그냥 일단 인사를 건네고 나면 자연스럽게 질문을 주고받게 되어 있다.

그래, 시작은 '이름 뭐니'와 '어디서 왔니'면 충분하다. 첫마디를 시작할 준비는 되었고, 다음은 대화 상대를 정해야 한다. 음식이 놓인 테이블 옆에는 아가씨 세 명이 대화 중이었고, 창가에는 남자 둘과 여자 하나가 보였다. 작은 응접실에 남자 둘, 소파에 남자 다섯, 출입문 근처 바닥에 앉아 대화 중인 남과 여. 맥주를 들고 소파로 다가갔다. 여기가 제일 끼어들기에 만만해 보였기 때문이다. 마침 빈자리도 하나, 게다가 산발적으로 몇 마디씩 주고받고 있었다.

가까이 다가가자 한 친구가 웃으면서 빈자리에 앉으라고 손짓하더니 손을 내밀고는 '제임스'라고 한다. '광섭'이라고 인사하자 "깡습?"하고 되묻는다. 익숙한 상황이다. 준비된 매뉴얼대로 대답한다.

"그냥 섭이라고 불러. What's up 알지? What's up? Sub. 섭이라고 불러!"

"알았어. 왓썹섭! 그 표현 맘에 드는데. 만나서 반가워!"

처음 세계일주를 시작했을 당시, 나는 피터라는 영어 이름을 사용했었다. 한국말이 생소한 외국 친구들은 광섭이라는 발음을 제대로 하지도 못했고, 외우지도 못했기에 부르기 편하도록 영어 이름을 만들었던 것이다. 피터팬처럼 어른이 되지 않고 항상 아이처럼 지내고 싶어서 피터를 골랐다. 당시 이런 설명을 들은 외국 친구들은 날 재밌는 놈으로 생각하기도 했었다.

그런데, 어느 날 만난 외국인 친구가 피터라는 영어 이름 말고 한국 이름을 가르쳐달라고 했다. 제대로 발음하지 못했지만 계속 한국 이름으로 날 불러주는 그 친구가 고마웠다. 그러고 보니 난 한국인인데 왜 내 스스로 광섭이라고 불리길 관두었는지 좀 바보 같다는 생각이 들었다. 하지만 여전히 발음하기도 외우기도 어려운 내 이름을 그대로 사용하자니 불편했다. 광섭이라고 알려주면 다시 되묻거나 '꾸앙섭' '캉삽' 등으로 부르기가 일쑤였다.

호주에서 지내던 어느 날, 나를 종종 섭이라고 부르는 아는 형이 전화를 걸더니 "헤이 왓썹 섭?"하고 말을 걸었다. 그 순간 '이거다' 하는 생각이 들었고, 내 이름은 피터 대신 원래 이름인 광섭으로 돌아왔다. 유머까지 겸비한 방법이니 더 맘에 들었다.

왓썹섭!으로 아주 쉽게 그들과의 대화가 시작되었다. 한 명씩 이름을 묻고 어느 나라에서 왔는지를 확인하고 난 뒤, 네덜란드인인 친구들을 제외하고는 암스테르담에 온 이유와 하는 일 등에 대한 기본적인 신상 털기가 시작되었다.

한국에서 왔고 자전거로 여행 중이라고 하자, 설마 한국에서부터 자전거를 타고 온 건 아닐 테고 어디서부터 시작했냐고 물어본다. 물론 한국에서 암스테르담까지 자전거만 타고 온 건 아니지만, 시작은 한국에 있는 우리 집에서부터였다. 서울에 있는 집에서부터 자전거를 타고 항구로 가서 배를 타고 중국으로 들어갔다. 베트남을 시작으로 동남아시아를 돈 후 싱가포르에서 비행기를 타고 호주로 갔다가, 인도로 넘어와서 네팔을 거쳐 다시 비행기를 타고 터키로 들어간 뒤, 불가리아와 세르비아를 거쳐 이곳 암스테르담에 도착했다고 이야기했다. 이미 같은 내용을 영어로 수천 번 누군가에게 말했기에, 청산유수는 아니었지만 무난하게 설명할 수 있었다. 4년 조금 넘게 걸렸다고 하자 모두가 믿기지 않는다는 얼굴로 '어썸', '그레이트', '왓더퍽' 같은 감탄사들과 함께 날 칭찬해주었다. 이 작은 그룹 속에서 주인공이 된 것 같은 기분에 우쭐해진 나는 서슴없이 지난 시간들의 경험을 쏟아냈다.

서양의 파티 문화는 확실히 우리나라의 파티 문화와 달랐다. 게스트들이 자신을 모여 있는 모두에게 소개를 하는 시간이 없다. 자신들이 알아서 자유롭게 대화 상대를 찾아 얘기를 나누면 된다. 화장실 차례를 기다리며 다른 대기자들과 대화를 나누기도 하고, 담배를 피우러 갔다가 흡연자들끼리의 대화를 시작하기도 하고, 술을 가지러 발코니로 가는 길에, 먹을 간식을 가지고 오는 길에 만나는 모두가 다 대화 상대가 되는 것이다. 새로운 대화 상대를 만나면 어김없이 자전거 여행에 대한 이야기가 나왔다. 가끔은 나와 먼저 대화를 나눈 친구가 다른 대화 그룹 속에서 내 소개를 대신 해주기도 했다. 그러면서 나는 조금씩 이 파티에서 유명해지기 시작했다. 내가 동양인이라 관심이 덜하지는 않을까? 외롭고 재미없는 파티가 되지는 않을까? 하는 불안감이 있었는데 그럴 이유가 없어진 것이다.

밤 12시가 되어가자 게스트들로 가득한 레이첼의 집에서 웃음이 터지고 환호가 나왔다. 세계 곳곳에서 온 친구들이 열린 마음으로 함께 모여 파티를 즐기고 있는 것이다. 아시아인은 나와 중국에서 온 친구 두 명뿐이라 조금 아쉬웠지만, 파티는 즐거움 그 자체였다.

호스트인 레이첼이 '12시가 넘으면 캐나다에 있는 가족과 화상통화를 할 건데, 여기 모인 사람들 모두가 가족에게 크리스마스 인사를 해주면 좋겠다' 며 부탁했다. 이곳에 모인 어느 누구도 거절할 이유가 없다.

12시가 되자 레이첼이 가족과 화상통화를 시작했다. 수십 명이 레이첼 주위를 둘러쌌다. 레이첼은 자신의 크리스마스가 얼마나 즐겁게 진행되고 있는지를 가족들에게 생생하게 전달했다. 모두가 얼굴에 미소를 가득 담은 채 레이첼의 가족에게 크리스마스 인사를 전했다. 문득 나도 이렇게 한국에 있는 나의 가족들과 인사할 수 있다면 좋을 텐데 하는 생각이 든다. 하지만 불가능하다. 내가 호스트가 아니라서가 아니다. 나의 가족들은 화상채팅을 하지 않기 때문이다.

12시를 넘기고 진정한 크리스마스가 되었다. 술도 더 쏟아지기 시작했다. 맥주와 와인으로 시작한 파티에 위스키, 럼, 보드카 등이 등장했다. 하지만 시간이 지날수록 사용 가능한 컵이나 포크가 점점 없어지기 시작한다. 사람의 수가 많다 보니 일회용 컵을 사용할 수밖에 없는데, 자리를 옮기며 자신이 사용한 컵을 잘 간수하지 않다 보니 컵이 다 떨어졌다. 그렇다고 우리나라처럼 편의점이 있는 것도 아니고.

그때 테이블 위에 놓인 매직펜이 눈에 들어왔다. 나는 내 일회용 컵에 캐리커처와 함께 이름을 적어 넣었다. 옆에 앉아 있던 파멜라가 그걸 보고는 자기 컵에도 캐리커처를 그려달라고 한다. 멕시코에서 온 파멜라는 작은 키에 귀여운 얼굴을 하고 있었다.

미술에 특별한 재능은 없다. 그냥 어릴 적부터 만화를 좋아해서 가끔 그림을 그렸는데, 스스로에 대한 관심이 지대하기에 내 외형적 특징을 짚어낼 수 있어서 날 그린 것뿐이다. 타인의 캐리커처를 그릴 만한 실력이 아니었다. 하지만 작은 키에 예쁘장하게 생긴 멕시코 아가씨의 부탁을 거절하는 건 쉬운 일이 아니었다. 잘 그릴 수 있을지는 모르지만, 일단 그려는 보겠다며 컵에 그녀의 얼굴을 내 멋대로 그렸다. 다 그린 컵을 건네주었더니 그녀가 환하게 웃으며 맘에 든다고 난리다. 그러면서 옆에 있던 중국인 친구 치난에게 컵을 보여줬다. 치난 역시 내게 자신의 컵을 내밀었다. 안 그려줄 수가 없는 상황. 자신 없는 솜씨로 치난의 얼굴을 컵에 그렸더니 이 친구도 맘에 든다고 한다. 내 솜씨가 의외로 좋은 건가? 하는 착각에 빠지려다 보니, 맘에 안 든다고 하기가 더 어렵겠구나 싶다. 어차피 프로도 아닌데 하는 생각까지 하고 나니 마음이 편해진다. 다른 친구들도 하나 둘 내게 컵을 내밀기 시작했다. 미처 예상하지 못했던 전개다. 이러다가 여차하면 여기 모인 수십 명 얼굴을 다 그려줘야 하는 건 아닌가? 실력이 좋았다면 까짓 거 어렵진 않다. 다만 상대가 맘에 들어할지 어떨지도 모르는 일을 계속하자니 덜컥 두려워졌다. 다행히 우려했던 상황은 발생하지 않았다. 모두가 캐리커처에 관심이 있었던 것도 아니고 일곱 명을 그린 후에 매직이 운명을 다했기 때문이다.

서로 일면식조차 없던 각국의 친구들이, 크리스마스 파티와 카우치서 핑라는 이름 아래 한자리에 모여 많은 것들을 나누었다. 집이라는 공간을 나누고, 음식과 술을 나눠 먹고 마시고, 서로의 여행을 나누고, 경험을 나누고, 문화를 나누고 삶을 나누었다. 마음이 열린 몇몇 친구들의 배려 덕분에 서로의 마음을 나눌 수 있다니, 역시 세상은 행복한 일들이 더 많이 존재하는 곳임에 틀림없다는 생각이 든다. 어제도 행복했고 오늘도 행복한 나는 분명 내일도 행복할 거라 믿으며 잠이 들었다.

카우치서핑은 공짜로 잘 곳을 찾는 인터넷 커뮤니티가 아니다

우리나라에 카우치서핑을 소개하는 사람들의 상당수가 '공짜'라는 단어를 함께 사용한다. 물론 카우치서핑을 통해서 만난 호스트에게 우리가 금전적인 대가를 치를 필요는 없기 때문에 공짜라고 표현할 수는 있겠지만, 카우치서핑은 '공짜'르 숙소나 음식을 제공하거나 받는 게 아니고 '베품과 나눔'으로 여행자들끼리 교류하는 것이다. 공짜라는 개념을 지워버리자.

미래, 나의 첫 한국인 호스트

암스테르담의 담 광장에서 그리 멀지 않은 곳에 위치한 학생 도미토리 건물 앞에 도착했다. 인터폰으로 방 번호를 누르자 "잠시만 기다려주세요." 하는 귀여운 여자 목소리의 한국말이 들렸다. 잠시 후, 두터운 분홍색 수면바지에 목이 살짝 늘어난 흰 티셔츠를 입은 단발머리의 소녀가 현관문을 열고 방긋 웃으며 날 맞이해주었다. 너무나도 편안한 차림이기에 조금 놀랐지만, 풋풋함과 동시에 편안함을 느낄 수 있었다. 타지에서 만나는 한국인은 언제나 반갑지만, 귀여운 모습의 미래는 더더욱 반가웠다.

사실 그녀의 집에서 카우치서핑을 하려는 계획은 없었다. 호스트를 검색하던 중에 우연히 그녀의 프로필을 본 나는 유학생으로서 암스테르담 생활은 어떤지, 그리고 타국에서 카우치서핑 호스트를 하는 건 어떤지 궁금해 얘기나 해볼까 하고 연락했다. 차나 한잔 하자고 서로 이야기했지만, 일정이 맞지 않아 처음 연락이 된 후부터 열흘이 넘도록 만나지 못하고 있었다. 그러는 사이 계획했던 암스테르담에서의 2주일이 지나가버렸다.

원래대로라면 다음 도시를 향해 떠났어야 했고 그녀와의 만남은 이루어지지 않았을 것이다. 허나 모든 게 계획대로만 진행되지는 않는 법. 크리스마스와 새해맞이 파티를 즐기며 2주간 사귄 친구들과의 시간이 너무도 맘에 든 나는 암스테르담에 더 머무르기로 마음 먹었다. 얼마나 오래 머물지는 아예 정하지도 않은 채, 그냥 떠나고 싶을 때까지(물론 비자가 허락하는 한도 내에서) 있기로 한 것이다. 허나 그동안 지냈던 유리네 집에 더 이상 머물 수가 없었다. 룸메이트가 들어올 예정이라 더 이상 신세를 질 수가 없었던 것이다. 운 좋게도 카우치서핑 정기미팅에서 만난 다른 친구가 재워주겠다고 했는데, 그 친구가 호스팅해주기로 한 날과 유리 집 퇴거일 사이에 이틀이라는 공백이 생겼고 그사이에 지낼 곳을 찾아야 했다. 그래서 혹시나 하는 마음으로 부탁을 해봤는데 흔쾌히 수락해주었다.

한쪽에 주방이 있는 원룸형 타입인 그녀의 방에 들어섰다. 시험이 끝나면 터키로 여행을 갈 거라더니 방 이곳저곳에 커다란 짐들이 툭툭 던져져 있다. 한창 공부 중이었다는 것을 알려주듯 책상 우에 책과 노트가 펼쳐져 있었다. 웃을 때 가끔씩 덧니가 보이는 그녀는 교환학기 마지막 시험을 앞두고 있었다. 시험기간인데 괜히 공부에 방해가 되는 건 아닌가 싶어 물어보았더니, 괜찮다며 오히려 함께 시간을 많이 보내지 못할 것 같아 죄송하다고 한다. 착한 마음씨에 고마움이 배로 증가한다. 이틀 후 시험이 끝나자마자 이스탄불로 봉사활동을 떠날 거라고 한다. 단지 잠잘 곳이 필요해서 온 게 아니라 대화를 나누고 싶어서 왔는데, 한두 시간 정도 얘기할 시간을 내줄 수 있냐고 묻자 자신도 공부만 하고 앉아 있을 수는 없다며 괜찮다고 한다. 따로 시간을 내서 대화하기는 좀 그렇고, 저녁 같이 먹으면서 이야기하는 건 어떻겠냐고 물었다. 그럼 우리 삼겹살 먹어요! 하고 보조개 파인 볼과 귀여운 덧니를 보이며 방긋 대답한다. 이 아가씨, 참 귀엽다.

책상에 앉아서 책과 씨름하는 여자와 부엌에서 밥 올려놓고 야채를 다듬으며 고기 굽는 남자가 한 공간 안에 있다. 남의 집에서 신세 지는 게 생활화되어서 그런가? 이런 상황이 전혀 어색하지가 않다. 목이 늘어난 티셔츠를 입고 고개를 숙인 채 책을 들여다보는 그녀의 뒷모습을 보니, 아마 내게 여동생이 있었다면 이런 광경이 익숙했겠지 싶다. 그녀는 내게 호스트보다는 여동생 같은 느낌이었다.

내 손바닥보다 조금 더 큰 프라이팬 위에 돼지고기들이 노릇노릇하게 구워졌다. 가스식이 아니라 전기식인 스토브도 맘에 안 들지만, 양파와 버섯과 마늘까지 굽기엔 너무 비좁은 프라이팬은 더더욱 맘에 안 들었다. 하지만 방 안 가득 번지는 삼겹살 냄새를 맡은 그녀가 "아! 맛있는 냄새 나요. 맛있겠다."라고 이야기해준 덕분에 투덜대는 마음은 이내 사라졌다.

고기는 구우면서 먹어야 제맛이지만 이곳의 환경은 그럴 수가 없었다. 상추조차도 없다. 열심히 공부하는 여동생… 아니 호스트에게 더 멋진 저녁상을 차려주고 싶었는데, 안타깝게도 준비된 게 없었다. 그래도 양파와 버섯은 곁들였고, 그녀의 냉장고 한쪽에 자리하고 있던 김치에, 밥도 따뜻하게 잘 지었다. 상을 차리고 나니 그녀가 함박웃음을 지으면서 "우아! 완전 맛있겠다! 감사합니다!"라고 한다. 립서비스가 아닌 칭찬은 언제 들어도 정말 기분 좋다! 밥을 한 술 떠서 먹더니 "밥도 되게 잘하시네요?"하며 동그란 눈으로 나를 바라본다. 길 위에서 터득한 냄비밥 기술이 빛을 발하는 순간이로구나!

밥을 먹으면서 본격적인 그녀와의 대화가 시작되었다. 그녀의 이름은 미래. 대학교 3학년으로, 6개월 전에 이곳 암스테르담으로 와서 교환학생 생활을 하고 있다고 했다. 내일 모레 시험을 마치고 터키에 봉사활동을 다녀온 후 귀국할 예정인 미래는 나와 열 살 차이가 났다. 서로의 신상을 가볍게 터는 와중에, 그녀는 내게 편하게 말 놓아도 괜찮다고 했다. 그러면 정말 여동생처럼 너무 편하게 대해 버릴 것만 같아, 그냥 존댓말로 하는 게 편하다고 했다. 열 살이나 차이가 나는 그녀가 존댓말에 괜히 더 불편한 건 아닐까 싶기도 했지만, 그래도 호스트인 그녀에게 좀 더 예의를 갖춰 대해주는 게 옳다는 생각에 존댓말을 고수하기로 했다.

암스테르담에서 호스트로 카우치서핑하는 건 어떠냐고 물었다. 잠시 머뭇거리더니, 사실 암스테르담에서 호스트를 한 건 몇 번 되지 않고, 주로 시간 날 때마다 근처의 다른 나라들을 여행하면서 게스트로 카우치서핑을 이용했다고 했다. 그래서 여행은 많이 했냐고 물어봤더니, 갑자기 눈이 더욱 반짝반짝해졌다. 여행을 매우 좋아해서, 공부하다가 시간만 되면 동서남북 가리지 않고 가보지 않은 곳으로 떠났다고 했다. 그러면서 4년 넘게 여행 중인 내가 완전 부럽다고 말했다. 하지만 나는 내 앞에 앉아 있는 미래가 더 부러웠다. 미래와 같은 나이일 때의 나는 대한민국 밖에 나간다는 사실을 상상조차도 못했기 때문이다. 그렇지만 후회되진 않는다. 나름대로 아름다운 추억들을 경험했으니까.

오랜만에 새로운 한국인 친구를 만나서 그런가, 그녀와의 만남은 더욱 반가웠다. 열 살이라는 나이 차이에도 그랬다. 나이, 국적, 성별에 관계없이 누구와도 친구가 되어 지내온 시간들 덕분에 우리는 어색함 없이 금방 웃고 떠들었다. 다만 시험기간이라는 압박 때문에 대화 시간을 그리 길게 가질 수가 없었다. 그녀는 그런 상황에서 나를 호스팅하게 된 것을 미안해했다. 나는 괜찮으니 그럴 필요 없다는 말과 함께, 그녀가 시험공부에 매진할 수 있도록 혼자 시간을 보내며 미래와의 첫날밤을 마무리했다.

다음 날.

오늘도 미래는 시험공부에 열중하느라 나랑 놀아줄 시간이 없다. 하지만 괜찮다, 내게는 나만의 일정이 있으니까. 한국에서부터 알던 J형이 오늘 암스테르담에 온다며 같이 점심이나 먹자고 한 것이다. 유리와 성민이, 그리고 미래에 J형까지. 갑자기 암스테르담에서 한국인과의 인연이 폭발하고 있는 것만 같았다.

J형은 자전거 세계일주를 준비할 때 인터넷 여행 커뮤니티를 통해 알

게 되었다. 커뮤니티의 장이었던 J형과 함께 소소한 이벤트를 진행하느라 몇 번 만나면서 인연이 시작되었다. 하지만 얼굴을 맞대고 만난 건 그때 몇 번이 전부였고, 그 이후 우리는 인터넷을 통해서만 간간히 연락하며 지내야 했다. 그 연결이 끊이지 않고 이어져 있다가, 때마침 유럽여행 인솔자로 온 형이 이곳 암스테르담을 지나가게 되었던 것이다. 세 번 정도 얼굴을 마주하고 만났을까? 그런 형과 근 오 년 만에 다시 만나는 것인데 이상하게도 어색하지가 않았다. 오히려 설레고 반가웠다. 한국에서 만나도 같은 느낌일지 궁금하다.

이상하리만치 춥지 않은 1월 초 중순, 담 광장의 하늘은 늦가을처럼 푸른빛으로 뒤덮여서 따스한 햇빛을 마음껏 내리쏟고 있었다. 비수기가 따로 없는 암스테르담이라 분주하게 사람들이 오간다. 광장을 바라보고 있다 보니 J형이 왔다. 타국에서의 만남이라 그런지 더 반가웠다. 마치 며칠 전에 만났던 사람 같은데, 서로의 얼굴에는 5년 가까운 세월의 흔적이 분명하게 남아 있다. 장기 여행자의 마음은 장기 여행자가 안다고, 방랑자 J라는 별명으로도 불리는 형은 만나자마자 맛있는 거부터 먹으러 가자며 발걸음을 재촉했다. 암스테르담에 머문 시간은 내가 형보다도 훨씬 길었지만, 이곳에서 여행자라기보다는 거주민처럼 지내고 있다 보니 함께 갈 만한 레스토랑을 알지 못했다. 벌써 몇 년째 사람들을 인솔해 유럽여행을 오고 가는 J형이 날 인도했다.

서로 알지 못하는 지난 5년에 대한 이야기는 거의 하지 않았다. 처음 만났던 순간의 이야기와, 그 당시 우리가 함께 알던 사람들에 대한 근황, 여행 이야기와 지금 우리가 만난 순간인 오늘에 대한 이야기를 주로 나누었다. 친하지도 않은 두 남자가 오랜만에 만났음에도 불구하고 어색하거나 불편하지 않았다. 역시 관심사가 같고 비슷한 방식으로 세상을 살아가는 사람들 사이에는 서로를 당기는 인력이 존재하는가 보다. 그리고 그런 사람들의 관계는 쉽게 끊어지지 않는다.

식사를 마친 후 자리를 옮겨 담 광장 근처의 펍으로 갔다. 광장을 바라볼 수 있게 외부에 마련된 테이블에 자리를 잡고 둘이 맥주 한잔을 더 했다. 카페에 앉아서 그 동네의 분위기를 느끼는 것처럼, 우린 펍에 앉아 따스한 햇살이 내리쬐는 오후의 담 광장 분위기를 즐겼다.

"나도 너처럼 자유롭게 여행하고 싶다."

2~3주간 유럽을 여행하는 패키지 여행의 가이드를 담당한 J형이 부러운 듯 말했다. 지금껏 여러 번 암스테르담에 왔지만, 학생 시절 배낭여행 온 것을 제외하면 언제나 아침 일찍 벨기에에서 기차 타고 점심쯤 도착해서 저녁이면 떠나야 했단다. 펍이나 카페에 와서 책도 읽고 가끔은 친구랑 저녁도 먹고 파티도 하고, 가이드북에 나오지 않는 골목길을 걷고 음식점에도 가며 여행하고 싶다는 거다.

J형과의 시간은 쏜살같이 지나갔다. 남자 둘이서 폭풍 수다를 떨다 보니 어느새 작별의 시간이 다가온 것이다. 암스테르담의 중앙역에서 형을 배웅했다. 누군가를 떠나보내는 입장에 서는 것은 오랜만이지만 슬픈 감정은 없다. 수많은 만남과 이별을 경험하다 보니 이런 순간은 배고프면 밥을 먹는 것처럼 자연스러운 일이 되었다. 언제 또 기회가 되면 맥주 한잔 하자며 인사를 나누고, 미래가 공부하고 있는 대학생 기숙사 아파트로 돌아왔다.

미래는 여전히 공부 중이었다. 내일이 교환학기 마지막 날이자 마지막 시험날이란다. 유종의 미를 거두고 싶어 하는 의지가 그녀에게서 뿜어져 나오고 있었다. 학교 다닐 때 그리 열심히 공부하지 않았고, 공부라는 것을 손에서 놓은 지 어언 10년이 지난 내 눈에 미래의 모습이 보기 좋은 걸 보니 나이를 먹긴 먹었나 보다. 예전의 나라면 놀자고 꼬셨을 게 분명했다.

내일 시험이 끝나자마자 바로 터키로 날아갈 거라는 미래는 공부하랴 짐도 꾸리랴 마음이 바빴다. 그런 그녀에게 해줄 수 있는 건 저녁 식사뿐이었다. 어제 미처 다 굽지 못한 삼겹살 부위를 이용해 제육볶음을 만들고 된장국을 끓였다. 오늘도 맛있는 음식 만들어줘서 고맙다는 그녀를 보고 있자니 흐뭇해졌다. 문득 부모님의 마음은 이보다도 훨씬 더 하겠구나 하는 생각이 들었다. 어쩌면 나는 부모님이 안 계시기 때문에 내가 받고 싶은 걸 다른 사람에게 먼저 나눠주고 있는지도 모르겠다.

"근데 암스테르담에는 언제까지 계실 거예요?"

미래가 물었다. 딱히 언제까지 있을지는 모르지만 아직은 더 머물고 싶다고 했다. 그러자 다른 호스트는 구했냐고 물어본다. 카우치서핑 미팅에 나가서 만난 친구가 재워줄 거라고 얘기했더니, 혹시 여기 더 머물고 싶으면 있어도 된다고 한다. 계약기간까지 아직 열흘 정도 남았기에 그 기간 동안 세를 놓으려고 인터넷에 올렸는데, 아무도 연락을 주지 않았단다. 그냥 빈 방으로 두는 것보다는 내가 사용하게 해주고 싶다는 것이다.

아. 암스테르담에 나만의 공간이 생기다니, 그녀의 착한 마음이 너무

너무 고마웠다. 그래도 괜찮겠냐고 묻자, "어차피 빈 방인데요, 뭘. 이렇게 도움이 될 수 있어서 저도 기뻐요."라고 대답한다. 그녀가 고맙고 또 고마웠다. 이런 생각지도 못한 일이 생기다니, 나는 아무래도 럭키가 이임에 틀림이 없나 보다.

다음 날 시험을 끝마치고 터키로 봉사활동을 가는 그녀의 짐을 가져다주기 위해 암스테르담 중앙역으로 향했다. 나보다 먼저 도착한 그녀는 시험이 끝났다는 해방감과 함께 터키에 대한 기대감에 잔뜩 들떠 있었다. 짐을 가지고 도착한 나에게 짐이 무겁지는 않았냐며 미안한 표정으로 허리를 숙여 인사했다. 열흘이나 공짜로 머물 수 있는 내 공간이 생겼는데 이 정도는 아무것도 아니라며, 오히려 내가 고맙다고 대답했다. 시험기간만 아니었으면 이런저런 재미난 이야기 더 많이 했을 텐데 아쉽다고 말하더니, "근데… 머무시는 동안 엄마 같았어요."란다.

하하하. 하긴 끼니 때마다 밥 해주고 짐 챙길 때 빠진 것 없나 확인해주고 기차역에 짐까지 들고 왔으니 그럴 수도 있겠다. 열차 시간 때문에 길게 이야기할 수 없었던 우리는 짧은 만남을 아쉬워하며, 서로에게 다가올 미래에 대한 호기심을 가득 안고 헤어졌다.

자나, 첫 카우치서핑 게스트

미래 덕분에 암스테르담에 나만의 공간을 갖게 된 나는, 그동안 카우치서핑을 통해 호스트들로부터 받은 은혜를 게스트에게 나누어주기로 했다. 나만의 공간이라지만 미래로부터 빌린 방이기에, 우선 미래에게 허락을 받았다. 페이스북 메시지를 통해 미래에게 연락을 해서 호스팅을 한번 해보고 싶은데 그래도 괜찮냐고 물었더니, "이제 그 집은 오빠 집이에요. 마음대로 하세요."라며 흔쾌히 허락해주었다.

허나 나는 여기 거주민이 아니다. 카우치서핑의 내 프로필 주소는 한국으로 되어 있으므로 암스테르담에 온 게스트가 나에게 카우치요청을 할 확률은 0%였다. 혹시 급하게 찾는 누군가가 있을지도 모른다는 생각에, 내 카우치 프로필을 호스팅 가능한 상태로 바꾸고 현 거주지도 암스테르담으로 바꾸었다. 그렇지만 카우치 요청은 오지 않았다. 당연한 일이었다. 카우치서핑 미팅에서 급하게 방이 필요한 친구를 만나게 되지 않을까 싶어서 미팅 리스트를 살펴보고 있는데, 새로운 기능이 추가된 것이 눈에 들어왔다. 바로 호스트가 직접 게스트를 찾아서 역으로 카우치 요청을 보내는 기능이었다. 호스트를 찾는 게스트가 호스트를 구한다는 카우치 요청메일을 작성하면, 호스트가 필터링 기능을 통해 게스트들을 찾을 수 있게 된 것이다. 이런 타이밍 적절한 기능 업데이트라니!

암스테르담을 설정하니 몇몇 게스트를 찾아낼 수 있었다. 한 달 뒤 머물 곳을 찾는 친구도 있었고, 바로 급하게 오늘 밤 지낼 곳을 찾는 친구도 있었다. 그냥 잠자리만 제공하기보다는 함께 시간을 보내며 시내 가이드를 해주고 싶었기에 하루 머물 곳을 찾는 친구들은 제외했다. 또 이곳 친구들과 선약이 있으므로 주중이었으면 했다. 그러던 차에, 해당 기준에 딱 맞게 사흘간 호스팅받기를 원하는 친구를 찾아냈다.

이름을 클릭하고 프로필 페이지를 확인해보니, 히치하이킹을 하기 위해 엄지손가락을 들고 있는 아가씨가 보인다. 좀 더 세심하게 프로필을 읽어보니, 자나라는 이름의 이 아가씨는 간디와 밥 말리의 철학을 좋아하며 폭력에 반대하고 사랑과 긍정적인 에너지로 좀 더 나은 세상을 만들어갈 수 있다고 믿는다고 적어놓았다. 왠지 나와 잘 통할 것 같은 느낌이 들기에, 혹시 호스트가 필요하면 연락하라고 메시지를 보냈다.

그녀는 유리가 다니는 예술학교의 입학시험을 치르기 위해 이곳 암스테르담에 오고 있었다. 수많은 사람들에게 카우치 요청 메일을 보냈는데 한 통의 답장도 받지 못했다면서 내가 보내준 메시지에 고마워했다. 그녀 역시 내 프로필을 확인하고서 이 친구의 집이라면 묵어도 좋겠다는 생각이 들었다고 했다. 그리하여 에스토니아 출신의 독일 친구 자나가 내 첫 게스트가 되었다.

암스테르담에 와본 적이 없는 그녀는 내 집으로 오는 길이 불안했는지, 쉽게 찾아가는 방법을 설명해달라고 했다. 그래서 역으로 마중을 나가기로 했다. 그것이 내가 알고 있는 가장 쉽게 찾아오는 방법이었기 때문이다.

역에 도착해 그녀를 기다리고 있자니 가슴이 괜히 두근두근 거린다. 그동안 수많은 친구들을 만나고 헤어지고 했지만 '첫 손님'이라는 타이틀은 날 긴장시키기에 충분했던 것이다. 그때 백팩을 메고 여행용 트렁크를 끄는 한 여자가 내게 다가왔다. "혹시 섭?"하고 묻는 그녀. 바로 자나였다. 카우치서핑 프로필과 페이스북으로 사진을 봤기 때문에 한번에 알아볼 수 있었다고 했다. 그녀의 얼굴 역시 사진으로 봐둔 터라 어색하지가 않았다. 여행길에서 만난 사람들과 그랬듯이. 우린 마치 원래 알던 사이인 것처럼 서로를 대했다. 집으로 가는 길, 말하기보다 이야기를 듣는 게 더 좋아서 소극적이거나 조용한 사람으로 오해를 받기도 한다던 그녀는 의외로 적극적이었다. 내가 불편하지 않다는 신호일 것이다. 손님 맞이를 잘하고 있다고 생각했다.

집에 도착하자마자 집 안내를 해주었다. 항상 안내만 받던 내가 안내를 하고 있는 모습이 조금 낯설었다. 안내를 마치고 짐을 풀던 자나는 호스팅해줘서 너무 고맙다며 가방에서 무언가를 꺼내더니 내게 내밀었다. 고마운 마음을 어떻게 전할까 고민하다가 자기가 살고 있는 동네의 사진이 들어 있는 엽서와 초콜릿을 준비했다고 한다. 바라지도 않은 선물에 내가 더 고맙다. 그동안 받은 감사한 마음을 나누려고 한 것뿐인데, 삶은 이렇게 또 한 번 나를 감동시켰다.

어느덧 저녁 먹을 시간이다. 배고프지 않냐고 물어보니 가방에서 빵을 꺼내면서 기차 안에서 먹어서 그리 배고프지는 않다고 한다. 학생인데다 단순 여행이 아니라 학교 입학시험을 겸해서 암스테르담에 온 것이니 예산이 빠듯할 거라는 생각이 들었다. 호스트가 되어서인지 한국인이어서 그런지 모르겠지만, 저따위 빵으로 배가 부를 것 같지가 않다. 어차피 나도 저녁 먹어야 하고, 혼자 먹는 것보다는 둘이 먹는 게 좋다. 이미 함께 저녁 먹을 장도 다 봐두었다.

혹시 한국음식 먹어본 적이 있냐고 물었더니, 아마도 없을 거란다. 아시안 레스토랑에 가본 적이 있긴 한데 분명 중국음식이었을 거라며.

"내가 한국음식 만들어 줄 테니깐 같이 먹자!"

그렇게 말하자 눈이 휘둥그레지며 "정말?" 하고 되묻는다.

"어, 혹시 채식주의자는 아니지?"

뒤늦게 물어봤다. 오늘 만들 요리는 불고기인데 채식주의자면 제대로 헛다리를 짚게 되기 때문이었다. 다행히도 자나는 채식주의자가 아니었다. 조금만 기다리라면서 바로 요리에 돌입했다.

사실 나는 요리를 그다지 좋아하지 않는다. 할 줄 아는 요리도 많지 않았다. 대학을 졸업하고 서울에서 자취할 때, 초반에는 이것저것 열심히 도전하며 만들어 먹었다. 하지만 먹는 것보다 남겨서 버려야 할 것들이 더 많은 데다, 준비하는 데 시간이 많이 걸려서 그만두었었다. 하지만 여행하는 동안엔 음식을 해먹어야 했고, 가끔은 세상에 존재하지 않는 음식을 만들어야 하기도 했었다. 그런 과정을 통해 어느 정도 요리에 재주가 생겼다. 친구들과 함께 음식을 나눠 먹으면서 나눔과 베품이라는 요리의 기쁨을 알게 되었다. 물론 혼자 먹기 위해 요리하는 건 여전히 좋아하지 않는다.

준비가 다 된 불고기를 상추와 함께 내놓았다. 곁들일 수 있는 반찬이라고는 김치밖에 없는 밥상이 맘에 들지 않는다. 처음으로 한국음식을 접하는 내 손님이라, 마음 같아서는 상다리가 휘어지게 한정식 스타일로 차려주고 싶지만 현실은 그렇지가 못했다. 그래도 정성을 담은 음식이니깐 맛있게 먹어주길 바라며 저녁 식사를 시작했다.

쌈을 처음 보는 자나가 어떻게 먹어야 되냐고 물어봤다. 일단 쌈을 싸는 법을 알려주고, 그냥 먹어도 되고 비벼 먹어도 되고 맘대로 먹으라고 하자 우선 싸 먹기를 시도한다. 서툰 젓가락질로 한 쌈 뜬다. 그리고 맛을 보더니 너무 맛있다고 한다. 아! 요리한 보람을 또 느낀다. 자나는 정말로 맛있었는지 소스까지도 밥에 비벼 먹었다. 그동안 몇 가지 한국 요리를 해외 친구들에게 해주었지만 단연 불고기가 최고였고, 이번에도 통했다! 부족한 내 요리를 맛있게 먹는 자나를 보고 있자니, 한국이었으면 더 다양한 재료들로 숙성까지 시켜서 만들어줬을 텐데 하는 아쉬움이 또 솟아오른다.

다음 날 자나는 학교 입학시험을 마친 뒤 저녁 때 숙소로 돌아왔다. 이번에는 닭도리탕을 만들었는데, 맛있다고는 했지만 매운 맛에 익숙하지 않은지 어제보다는 반응이 시들했다. 그러고 보면 한국의 매운맛을 맛본 몇몇 친구들은 고통스러운(Painful) 맛이라고 표현했었다. 역시 불고기가 최고지만 같은 음식을 또 하는 건 내키지가 않았다. 달착지근하게 만들려고 노력했는데 무리였나 보다.

산책은 어제 충분히 했으니, 오늘 밤은 달리 갈 만한 곳도 할 만한 것도 없다. 펍에 가서 맥주라도 같이 마시면 좋겠지만, 자나는 술은 전혀 마시지 않는다고 했다. 내 여행에 관한 이야기들은 충분히 나눈 상태고 그녀의 이야기도 많이 들은 상태라 새로운 대화거리를 일부러 찾아야 한다는 사실도 조금 부담스러웠다. 딱히 서로를 위해 무언가를 해야 할 필요는 없었지만, 호스트로서 뭔가 더 만족할 만한 경험을 채워주고 싶은 욕심이 날 불편하게 만들고 있었다.

순간, 이곳이 서울이었다면 하는 아쉬운 마음이 들었다. 늦은 시간까지도 대중교통으로 웬만한 곳은 다 갈 수 있고, 암스테르담보다 비싸지 않은 물가에, 그리 깊진 않지만 학교 다니면서 배운 지식을 보태 보여줄 만한 고궁들도 많고, 쇼핑을 좋아하는 자나를 위해 동대문이며 명동이며 여기저기 갈 곳이 널려 있지 않던가. 여기에도 분명 내가 모르는 갈 만한 곳이 숨어 있겠지만, 암스테르담 살이 3주차인 나로서는 알 수 없다. 보여줄 만한 곳이 있었지만 그것도 대낮 한정이다. 유명한 레드라이트 스트리트를 갈 수도 없는 노릇이고 술도 마시지 않는 그녀와 클럽에 갈 수도 없는 노릇. 괜한 미안함과 그런 마음을 어쩌지 못하는 불편함이 자꾸 새어나오려고 하고 있었다. 이런 내 마음을 그녀가 느끼게 된다면 그녀마저도 불편해질 게 뻔했다.

나의 첫 호스트 경험은 설렘과 반가움, 고마움으로 가득한 첫날로 시작해서 어설프고 모자라고 미안한 마음으로 가득한 둘째 날로 마무리되었다. 호스트로서 잘해주고 싶기에 그녀를 불편하게 만들지는 않았지만, 더 즐겁게 해주지 못한 것이 떠날 때까지도 영 마음에 걸렸다. 그녀는 고맙다며 독일에 오면 연락하라고 했지만, 내 마음은 썩 만족스럽지가 못했다. 마음이 안 맞는 친구가 왔던 것도 아니고 서로가 불편했던 것도 아닌데 왜 이런 마음이 자꾸 드는지 이상했다. 내가 여행 중에 호스트들에게 바라는 게 없었던 것처럼 그녀 역시 그럴지도 모르는데, 왜 자꾸 뭔가 부족한 것 같은지……

호스트들이 나와 무언가를 함께할 때건, 본인들 일정 때문에 나를 홀로 두어야 할 때건 나는 한 번도 불평하지 않았다. 오히려 그들이 내게 미안해하지 않기를 바랐는데, 호스트가 된 나는 정반대의 생각을 하고 있었던 것이다. 아마도 첫 게스트에 대한 기대감이 가장 큰 이유일 것이다. 아니면 그동안 받은 것들을 충분히 돌려주지 못한 게 아닌가 하는 아쉬움일 수도 있다. 홈그라운드가 아닌 곳에서 마치 홈그라운드에 있는 양 해주고 싶어 한 내 욕심도 한몫 했다고 본다. 나라는 사람을 통해서 한국이라는 나라를 처음 접하는 그녀에게, 정말 좋은 내 나라를 느끼게 해주고 싶은 마음도 얹어졌겠지?

그러나 그녀가 내 카우치 페이지에 남겨준 후기에는 이런 글귀가 적혀 있었다.

'그를 만나면 한국 남자친구를 사귀고 싶다고 생각하게 될 거야.'

지금까지 내게 남겨준 모든 후기가 다 고맙고 소중하지만, 이것만큼 날 춤추게 만든 후기는 없었다. 한국인이자 남자로서 인정을 받은 것이니 말이다. 동시에 나의 지난 호스트들에게 더 고마운 마음이 생겼다. 그들은 나보다도 더 열린 마음으로 편안한 장소를 내주었고, 내 희노애락을 함께 나누어주었다. 무엇보다 그들도 행여나 내가 불편하지는 않을까? 재미없지는 않을까? 하고 고민했을 거라는 생각이 들었기 때문이다. 눈에 보이지 않는 배려가 나와 그들 사이에 항상 작용하고 있었다. 그 작은 배려가 우리를 즐겁게 만들어 주고 사이를 돈독하게 해준 것이다. 그래! 지금의 이 마음을 잊지 말고, 앞으로 만나게 될 사람들과의 관계에 눈에 보이지 않는 작은 배려를 심어야겠다.

여성이라면 초대하는 남자 호스트의 프로필을 더 꼼꼼하게 체크하라

A라는 친구에게 전해 들은 이야기인데, 성수기인 도시에서 카우치서핑을 시도했더니 호스트가 잘 구해지지 않기에 카우치서핑 커뮤니티 게시판에 호스트를 구한다는 글을 올렸단다. 그러자 한 남자 호스트가 자신의 집으로 오라고 메일을 보냈다. 너무나도 친절하게 응대해준 호스트에게 감사하며 그 집으로 갔는데, 알고 보니 데이트 상대를 찾는 사람이었다고 한다. 상대가 수작을 부릴 때 강하게 거부했기 때문에 직접적인 피해가 생기지는 않았다. 그래서 그날 밤 바로 집을 나오지는 않았지만, 분명 불쾌했다는 것이다.

물론 해당 호스트의 프로필에 적힌 후기에는 부정적인 내용이 없었다고 한다. 아마도 같은 목적의 상대끼리 잘 만난 게 아닌가 싶다. 세상엔 다양한 사람들이 다양한 방식으로 살아가고 있기 때문에 눈에 보이는 게 전부가 아닐 수도 있다. 프로필이 개설된 지 얼마 안 된 남자로부터 연락이 온다면 절대 가지 않는 게 좋다.

한국인의 영혼을 가진 폴란드 아가씨 에바

있을 수 없는 일은 아니지만, 역시 그때 그 상황은 결코 일반적이지 않았다. 대한민국이 아닌 암스테르담의 패스트푸드점에서 폴란드 아가씨와 마주 앉아 한국어로 대화하고 있던 그 상황 말이다.

암스테르담에서 신세 질 호스트를 찾던 당시, 검색 조건에 한국어를 체크했더니 이 에바라는 아가씨가 나왔다. 프로필에 나와 있는 언어능력 칸을 보니 그녀의 한국어 구사능력은 전문가 수준(Expert)으로 표시되어 있었다.

아니, 대체 폴란드 아가씨가 왜 이렇게 한국어 능력이 좋은 건지 이해가 되지 않았다. 후기를 훑다 보니 한국인 친구들이 몇 명 보였다. 그들과 주고받은 후기 중 그녀가 한글로 적은 글귀까지 있었다. 카우치 요청 메일을 보내려고 했으나, 아쉽게도 그녀는 카우치 제공 불가 상태였다. 하지만 최근 접속 정보를 보니 자주 카우치서핑 사이트를 확인 중인 건 분명했다. 그래서 혹시 시간 있으면 식사나 하자고 메시지를 보냈고, 그녀는 흔쾌히 응했다.

에바는 한국어학당에서 일 년간 공부했다고 했다. 공부를 마치고 폴란드로 돌아가서는 한국 기업에 취직해서 6년간 일했으며, 1년 전에 암스테르담으로 왔는데 여기서도 한국계 기업에서 일하고 있다고 했다. 회사 사람들 중 반은 한국인이다 보니 자연스럽게 (물론 아주 완벽하지는 않은) 한국어를 구사하게 되었다고 했다. 한국에 있는 동안 좋은 기억과 맛있는 음식들 때문에 한국이 더더욱 좋아졌다는 에바는 내게도 깊은 친근감을 보였다. 나보다 한 살이 더 많은데 자꾸 오빠라고 부른다. 네가 누나라고 했더니 자기는 에바고 내가 오빠라고 계속 우겼다. 외국인이라서 그런지 기분 나쁘진 않았다. 오히려 특별한 느낌이라 좋았다.

그녀와 가끔 만나 우정을 다지던 어느 날, 급하게 며칠 지낼 곳이 필요했다. 그녀는 호스팅을 하지 않는다고 했지만, 카우치서핑 사이트를 통해 호스트를 찾기엔 시간도 상황도 마땅치가 못했다. 밑져야 본전이라는 심산으로 조심스레 에바에게 전화를 걸어 사정을 이야기했더니, 보통의 경우라면 '노'라고 했겠지만 특별히 허락해주겠다고 했다. 회사를 다니면서 동시에 공부하고 있던 그녀였지만, 때마침 학교가 한가한 시기였기 때문이다. 그러나 그녀가 호스팅을 하지 않는 진짜 이유는, 나

중에야 알았지만 그녀의 남자 친구인 가비 때문이었다.

에바의 집에 가보니, 그녀의 남자 친구인 가비가 와 있었다. 대체로 조용조용한 말투의 가비의 인상은 나쁘지 않았다. 짐들을 집 안으로 옮기고 정식으로 소개를 받았다. 집주인인 여자와 남자 친구, 그리고 외간 남자의 조합. 내게는 익숙한 상황이었지만, 이날은 왠지 뭔가 어색한 기운이 조금씩 감돌았다. 셋이 함께 나누는 대화가 오고 가다가도, 가끔씩 둘만의 대화가 이어졌다. 그럴 때마다 에바는 내게 한국말로 내용을 설명해주며 자꾸 둘이서 대화하는 것을 미안해했다. 둘의 대화는 영어로 이루어졌기 때문에 전부는 아니어도 대충 알아들을 수가 있었는데, 점점 가비라는 남자의 성향이 파악되기 시작했다. 자기 기준이 분명하고 똑똑해서, 기준을 벗어난 것에 대해서는 납득 가능한 설명이 없으면 좀처럼 받아들이지 못하는 사람인 듯했다.

가비가 그런 성향을 가졌다고 해서 내가 불편할 건 전혀 없었다. 다만 둘의 대화를 듣고 있자니, 이 남자가 착한 사람이긴 하지만 에바라는 여자의 마음을 잘 모르고 있는 것 같았다.

저녁 식사를 마치고 난 후 가비가 집으로 돌아갔다. 그가 돌아가자, 에바는 속상하다며 갑자기 가비에 대한 이야기를 내게 쏟아내기 시작했다. 예전에 한국 남자 친구와 사귀었을 만큼 한국인 정서에 익숙한 폴란드 아가씨인 에바에게, '더치페이'라는 말의 유래가 될 정도로('더치'는 네덜란드인이라는 뜻이다) 개인주의적인 마인드가 강한 네덜란드 남자와의 연애는 쉽지 않았던 것이다. 우선 카우치서핑에 대해서도 이해를 하지 못하고 반대한다고 했다. 여자인 에바가 남자인 나를 호스팅한 게 문제가 아니라, 알지도 못하는 사람을 어떻게 집에 들일 수가 있냐고 했다는 것이다. 나를 호스팅하기 훨씬 전에 카우치서핑에 대해 이야기를 나눠봤는데 지금까지도 이해 못 한단다.

그리고 지나치게 공평하게 계산하는 것도 싫다고 했다. 같이 저녁을 해먹기 위해 마트에 가서 장을 보면 잔돈까지 정확하게 반으로 갈라 나눠 낸다는 것이다. 연인 사이인데 매번 이러는 것도 너무 쪼잔한 거 같다, 얻어먹겠다는 것도 아니고, 때론 내가 내고 때론 자기가 내면 좋을 텐데 왠지 둘 사이에 선이 존재하는 것 같다고 하소연을 하는 것이었다.

내 귀가 잘못된 게 아닌가 의심했다. 우리나라보다 여러 모로 자유분방할 텐데, 마치 한국에서 들을 법한 이야기들이 아닌가. 에바는 이 가비라는 친구를 계속 만나야 할지 말아야 할지 고민이 된다고 말했다. 내가 이래라 저래라 할 수 있는 사안은 아니었기에 선뜻 대답을 해주긴 조금 곤란했다. 어쩌면 흔한 연인들처럼, 그냥 마음이 맞지 않아 속상한 이야기를 누군가에게 털어놓고 싶을 뿐인지도 모른다는 생각도 들었다.

그나저나 남자 친구인 가비가 날 신경 쓴다는 사실이 문제다. 나는 내가 에바에게 어떤 불안요소도 아니라고 자부하지만, 그렇다고 가비가 날 믿어줘야 할 이유는 없다. 여자 친구가 있는 남자의 가장 큰 적은 나 아닌 다른 남자니까. 그렇다고 딱히 내가 해줄 수 있는 건 없다. 그저 가비 스스로 이 상황을 이해할 수 있게 되길 바랄 뿐이다.

대화가 끝나자 그녀의 집이 눈에 들어왔다. 텔레비전은 없고, 침대로 변신 가능한 소파가 놓여 있었다. 주방과 거실은 벽 없이 테이블과 소파의 경계로 분리된다. 그녀의 침실에도 문이 따로 없었다.

주방 싱크대 위에 낯익은 노란색 주방기기가 있었다. 설마하며 확인하니… 그렇다, 전기밥솥이었다! 이게 얼마 만에 보는 전기밥솥인가? 에바가 약 10년 전 한국에서 지낼 때 사용하던 밥솥이라고 한다. 혹시 밥 해먹냐고 물었더니, 종종 해먹는다며 한쪽 구석에 놓인 쌀 포대도 보여준다. 냉장고 안에는 고추장과 오뚜기표 참기름도 있었고, 심지어 다시다까지 있었다. 한국음식이 너무 좋아서 구입한 것들도 있고, 가끔 한국 친구들이 보내주기도 한단다. 유창한 한국말이 괜히 가능한 게 아니었구나 싶었다.

그녀가 내 호스팅 요청을 수락한 첫 번째 이유는 내가 한국인이라는 사실 때문이었다. 자전거로 여행하기도 하고 첫인상이 긍정적이었던 것도 있지만, 그보다 내가 한국인이라는 사실이 더 크게 작용했다. 지금까지 한국인이라는 이유로 카우치 요청을 허락해준 사람이 없었기에 그 사실이 쉽게 이해가 되지 않았다.

10여 년 전 한국에서 어학당을 다니게 된 그녀는 한국을 좋아하게 되었다. '정(精)'이라고 표현되는 한국 사람들의 마음, 외국인인 자신을 가족이나 친구처럼 대해주는 낯선 한국인들의 마음이 너무 고맙고 좋았단다. 물론 그녀가 만난 모두가 하나같이 정겨운 사람이었던 것은 아니다. 하지만 몇몇 사람들의 무관심과 냉대는 그녀를 아껴주고 사랑해준 사람들의 마음에 비하면 고민할 것들이 아니라고 했다. 한국음식도 입에 잘 맞았고, 보드카를 좋아하는 폴란드인답게 음주가무를 즐기는 우리나라의 (과하지만 않으면 좋을) 민족성 역시도 좋아했다. 폴란드에 한국인 절친까지 있다는 그녀의 이야기를 들으면서 고마운 마음이 가득 번지기 시작했다. 10여 년 전 처음 그녀가 한국에 도착했을 때 반갑게 맞이해줬다는 사람들이 고마웠고, 그 마음을 알아주고 지금까지도 한국을 좋아하는 그녀가 고마웠다.

여행 중에 만난 수많은 사람들 중 우리나라를 좋아하는 친구는 많았다. 한국을 좋아하는 이유가 다 똑같지는 않았지만, 공통된 이유가 되는 가장 중요한 가치는 언제나 '정'이었다. 여행자들은 외로움을 느끼기도 하고, 어려움에 처하기도 한다. 그럴 때 '너'와 '내'가 아닌 '우리'라는 감정으로 다가와 자신을 위로해준 한국인들은 그들의 마음속에 오래 기억된다. 단지, 다른 나라의 사람들보다 한국인들에게 더 '정'이 넘친다고 단정 지을 수는 없다. 외국인 중에도 ('정'이라는 개념은 없지만) 사랑과 배려로 더 나은 세상을 만들기 위해 살아가는 사람들은 충분히 많다. 중요한 것은 한국인의 정서가 아니다. 한국인의 정서와 외국인의 정서를 이분법적 논리로 가르고 싶지도 않다. 중요한 것은 누군가가 나눈 사랑과 배려가 어느 날 갑자기 내게로 다가온다는 것이다. 그 고마운 마음을 잘 간직하고 있다가, 나 역시 다른 누군가에게 나누어주면 그게 돌고 돌며 좀 더 따뜻하고 아름다운 세상을 만든다. 살아 있음에 감사하게 되는 세상이, 나라는 존재의 가치가 반짝반짝 빛나게 되는 순간이 반드시 온다는 것이다.

사람들을 만나다 보면 가끔 개인적으로 안타까운 순간들을 맞닥뜨리곤 한다. A가 B에게 감정적 혹은 물질적 도움을 주었는데, B가 그것을 되갚지 않는다며 A가 한탄을 하거나 B를 미워하게 되는 것이다. A가 그러는 것이 이해가 안 가는 건 아니다. 그럴 수도 있고 그러지 말라고 강요하고 싶은 마음도 없다. 다만, 좀 더 넓은 마음으로 바라보길 권하고 싶다.

나는 길 위에서 수많은 사람들의 도움을 받았다. 나와 관계가 있기는 커녕 한 번 만나본 적도 없는 사람들이 나를 도와준 것이다. 그들이 나를 도와준 이유는 뭘까. 본래 착한 성품을 가져 남을 돕기를 좋아하는 것일 수도 있다. 하지만 나는 그들이 세상을 더 살기 좋고 아름답게 만드는 방법을 잘 알고 있는 거라고 믿고 있다. 나 역시 수많은 도움을 받으면서 그 고마운 마음을 돌려주고 싶었다. 때론 그게 가능하기도 했지만 그렇지 못한 때도 있었다. 그럴 때면 아쉬운 마음에 어떻게 갚을 수 있을까 고민했는데, 어느 여행자의 말에서 대답을 찾을 수 있었다.

하루 만 원이라는 돈으로 자전거와 함께 여행하던 나에게 어느 여행자가 저녁 식사를 사준 적이 있었다. 평소 쉽게 먹지 못하던 고기를 배가 터지도록 먹게 해준 여행자에게 고마운 마음을 어떻게 갚아야 할지 모르겠다고 했다. 여행자는 당연하다는 듯이 편안하게 내게 말했다.

"어느 날 도움이 필요한 누군가를 만났을 때 도와주면 되지."

이제는 사회인이 되어 풍족하고 여유로운 여행길에 오를 수 있게 되었지만, 자신 역시 배낭 하나 달랑 메고 여행을 시작했을 때 누군가에게 도움을 많이 받았단다. 그때 어느 누군가에게 같은 말을 들었다고 했다.

나 역시 에바가 이전에 만난 한국인들 덕에 서로 친해질 수 있는 좋은 기회를 얻게 된 것이었기에 그들이 고마웠다.

카우치서핑 역시 같은 방식으로 운영되고 있다. 단순히 무료 숙박이라는 개념으로 운영되고 있는 것이 아니다. 경비가 넉넉하지 못한 여행

자들이 호스트로부터 쉴 곳을 제공받고, 집으로 돌아와 자신의 공간을
또 다른 누군가에게 제공하며 고마움을 갚아나가고 있으니 말이다.

이렇게 생각하자 에바가 더 고맙게 느껴졌다. 한국으로 돌아가 나만
의 공간이 생기면, 나도 꼭 호스트가 되어 또다른 여행자의 가슴속에 고
마운 마음을 심어주고 싶어졌다. 그러자 문득 고민이 생겼다.

만약 내게 여자 친구가 있는데 그 여자 친구가 카우치서핑을 이해하
지 못한다면? 설상가상으로 우리 집에 여자 게스트가 온다면? 반대로
여자 친구도 카우치서핑을 하는데, 그녀의 집에 남자 게스트가 온다면
나는 어떻게 할까? 상상일 뿐인데도 마음이 갑갑하다. 쓸데없는 의심과
걱정을 떨쳐버리고 그냥 받아들이면 된다고 머리로는 생각하지만, 가슴
은 그동안 받은 고마움 따위는 싹 잊어버렸는지 원치 않는다고 솔직하
게 말한다. 가비도 이런 마음일까 싶다.

에바, 그리고 가비와의 인연은 암스테르담에 머무는 기간 동안 계속
되었다. 에바의 친구들과 함께 파티에 초대되기도 하고, 함께 자전거를
타고 암스테르담의 숨은 경치를 찾아다니기도 했다. 에바와 가비가 폴
란드로 열흘간 휴가를 떠났을 때에는 에바의 집에 대신 머물렀다. 그녀
가 키우는 고양이를 돌봐줄 사람이 필요했기 때문이다.

어딘가 모르게 나를 경계하던 가비 역시, 시간이 지남에 따라 나를 믿
을 만한 남자로 인정해주기 시작했다. 에바의 말에 의하면 '카우치서핑
정신까지는 모르겠지만 섭은 괜찮은 사람인 듯해서 믿어도 될 것 같다'
고 했다. 새로운 남자 카우치서퍼는 여전히 만나고 싶지 않은가 보다.

암스테르담을 떠나기 위해 그들과 작별인사를 하는 날, 가비가 내게

선물을 건네주었다. 나도 놀랐고 에바도 놀랐다. 그가 준비한 선물은 자전거 야간 주행시 꼭 필요한 점멸등이었다(암스테르담에서는 이것 없이 밤에 자전거를 타다가 경찰에게 적발되면 바로 벌금이다). 어떤 선물을 해줄까 하다가, 자전거로 여행 중이니 이게 안성맞춤일 것 같다서 골랐단다.

"가비가 원래 선물 같은 걸 하는 사람이 아닌데, 섭 좋겠다. 섭이 맘에 들었나 본데? 나한테도 선물 잘 안 하는데……."

에바가 부럽다는 듯이 내게 말했다. 객관적으로 보면 작은 선물인데, 뭔가 엄청난 걸 받아낸 것만 같았다. 두 달여 전 처음 만났을 때는 웃고는 있지만 내심 경계하던 상대였는데, 지금은 마음으로 날 인정하는 친구가 되었다. 흔히들 여행은 인생의 축소판이라고 한다. 내 여행은 인생 그 자체처럼 일희일비가 엇갈리며 진행되고 있다.

돈을 요구하는 호스트도 있다

C라는 친구의 경험담이다. 카우치서핑을 통해 호스트가 되기로 한 친구의 집에 도착했는데, 하룻밤 잠자리와 아침 식사를 제공할 테니 10유로를 달라는 제안을 받았다고 한다. 카우치서핑은 공짜로 잠자리와 식사를 제공하기 위해 존재하는 곳은 아니지만, 누군가의 돈벌이를 위해 이용되는 곳도 아니다. 행여나 그런 호스트를 만나게 되면 꼭 카우치서핑 운영진에게 알려 그런 사람들이 활동하지 못하게 해야 한다.

에피소드 14.

나탈리와 라디오 방송

뭐? 맥주가 천 종류나 있다고? 내 귀를 의심하지 않을 수가 없었다. 백 종류도 아니고 천 종류라니? 말도 안 되는 소리라고 생각했다. 그러자 펍의 오너가 어쩌면 그 이상일 수도 있다고 말했다.

아니, 지금까지 여러 나라를 돌아다니면서 마신 맥주들의 종류를 다 헤아려도 100개가 될까 말까인데 벨기에라는 나라 하나에 맥주가 천 종류라니. 그동안 여러 종류의 벨기에 맥주들을 보면서 참 다양하다고 생각하긴 했지만, 이건 뻥을 쳐도 너무 심하게 친 거라고 생각하지 않을 수가 없었다.

그러자 가게에 비치되어 있는 메뉴판을 가져와 뒷면을 보여준다. 메뉴판의 뒷면에 6~70여 개의 원들이 맥주잔 그림을 중심으로 연결되어 있었다. 각각의 원 안에는 제조 방법에 따른 맥주 명칭이 적혀 있었다. 맥주라고는 생맥주, 병맥주, 캔맥주로만 나눌 줄 알았는데 이렇게나 다양하게 구분된다니. 게다가 마트를 통해 유통되지 않고 지역에서만 판매하거나 양조장에서만 판매하는 맥주도 있으니, 정확히 몇 종류의 맥주가 있는지는 알 수가 없다는 것이었다. 아마 술을 좋아하는 벨기에인이라도 모든 맥주를 다 맛보지는 못할 거란다.

하긴 10도를 넘기는 맥주가 있다는 말을 처음 들었을 때도 믿지 못했었는데, 이곳 벨기에에서는 마트에서 아주 쉽게 10도 이상의 맥주들을 찾아볼 수 있었다. 술이라면 어느 종류라도 좋아한다는 나의 말에, 그렇다면 벨기에 맥주를 제대로 맛봐야 한다며 나탈리와 잘르가 나를 이곳으로 데리고 온 것이다.

메뉴판에 가득한 수많은 맥주 이름들을 보니 어느 것을 주문해야 할지 감이 오질 않는다. 주인에게 추천을 해달라고 하자 어떤 맥주를 좋아하냐고 되묻는다. 라거니 에일이니 이런 이름이야 알지만, 정확하게 맥주가 어떻게 다른 맛을 내는지는 알지 못하기에 당황스러웠다. 평소 흑맥주를 그다지 좋아하지 않으니 브라운비어로 추천해달라고 하자, 알겠다며 바(Bar)로 돌아가더니 맥주 한 잔을 따라 왔다. 기억조차 하기 어려운 발음의 맥주는 내 예상과 다르게 흑맥주였다. 아니? 이 친구가 대체 왜? 하는 생각이 들었다.

그러나 맛도 보지 않은 채 다른 맥주를 달라고 하는 건 좀 예의 없는 것 같고, 또 싫다는데도 흑맥주를 추천해준 걸 보면 뭔가 이유가 있을 거라는 생각이 들어서 일단 한 모금을 들이켰다.

기존에 마셔본 쓴맛이 강한 흑맥주가 아니었다. 뭐랄까? 꽃향기도 섞여 있는 것 같은 데다 거품과 함께 부드럽게 목을 타고 넘어가는 맛이 매력적이었다. 나도 모르게 주인에게 엄지손가락을 치켜세우며 최고라고 말했다. 그는 마지막 한 통 남은 거라며 운이 좋다고 말했다. 맞은편에 있던 나탈리가 맥주의 천국 벨기에에 온 걸 환영한다며 잔을 들고 건배했다. 그 맥주 이름을 적어오지 못한 게 후회되고 후회된다.

날이 어둑해지자 나탈리와 그의 친구들이 장소를 옮기자고 했다. 한쪽 벽에 쌓아올린 테이블과 벽면에 오래된 LP판으로 가득한 조그마한 펍이었다. 너무 근사해서 말끔하게 차려입지 않으면 들어가기 어려운 레스토랑이나, 정신없이 시끄러운 하드락과 댄스뮤직이 난무하는 클럽보다는 좁고 낡았어도 사람과 사람이 소소하게 마음을 공유할 수 있는 곳이 맘에 든다. 그런 내 마음을 눈치챘는지, 나탈리가 여기 맘에 드냐고 물어본다. 딱 내 스타일이라고 대답하자 그럴 줄 알았다며 좋아한다. 요즘은 LP음반을 들을 수 있는 곳이 많이 없어졌다면서, 그래도 이곳이 있어서 다행이긴 한데 여기도 장사가 안 되어서 여차하면 문을 닫게 될지도 모른다고 했다. 낡고 구식이어도 그 특유의 감성이 있는 법인데 세상은 빠른 변화 속에서 오래된 것들을 새로운 것들로 바꾸고 있다. 벨기에에서도 마찬가지 일이 일어나고 있는 것이겠지.

벨기에 친구들과 한국인들의 공통점을 하나 발견했다. 오후에 들어선 펍에서도 그렇고, 여기서도 이 친구들은 내게 술을 사주려고 서로 열심이었다. 술을 좋아하는 나라에서 다양한 종류의 맥주를 맛보고 싶은 마음도 있고, 술이 술을 마신다고 한 잔 두 잔 마실수록 맥주를 향한 주탐이 끊이지 않았다. 허나, 내 예산은 많은 맥주를 마시도록 허락하기엔 역부족이었다. 그런 내 경제적 상황을 그들이 알 리야 없겠지만, 한 잔을 비우고 나면 다른 친구가 빈 잔을 확인하고는 더 마실 거냐고 물어왔다. 주머니 사정 때문에 살짝 고민하고 있는데, 대답은 듣지도 않은 채 어느새 파인트 한 잔을 들고 와 내게 건넨다. 그 맥주가 또 비워질 때쯤에 다른 친구가 와서 한 잔을 건네준다. 친구의 손님이니 자신들의 친구이기도 하다며 아무런 거리낌 없이 술잔에 마음을 담아 건네준다. 이런 술 권하는 문화(싫다는 사람에게 억지로 권하는 그런 나쁜 문화 말고)를 마지막으로 접해본 게 언제인지 기억이 잘 나지 않는다. 고마움을 보답하는 방법은 나의 유쾌한 여행담을 얘기해주는 것뿐이었다. 나는 벨기에 친구들의 정겨운 마음과, 가슴을 울리는 특별함이 있는 LP 음악을 안주삼아 기분 좋게 맥주에 취했다.

다음 날, 나탈리랑 잘르와 함께 코르트레이크(Kortrijk)의 지역 라디오 방송국을 찾았다. 나탈리와 잘르의 친구들이 얼마 전에 라디오 방송국을 오픈했는데, 나를 게스트로 섭외하고 싶다고 했기 때문이다. 5분 정도 인터뷰를 하게 될 거라며 괜찮냐고 내게 물어보았다. 가능한 한 새로운 경험을 하길 원하는 나로서는 거절할 이유가 전혀 없었다. 다만 내 부족한 영어 실력으로 인터뷰를, 그것도 생방송으로 진행되는 라디오에서 잘 해낼 수 있을지가 걱정될 뿐이었다.

방송국에 도착하니 이미 방송이 진행 중이었다. 나는 약 20분 정도 후에 투입될 거라고 했다. 갑작스럽게 잡힌 인터뷰라 사전 질문 같은 건 준비해놓지 않았다. PD가 신호를 주면 스튜디오로 들어가 DJ가 묻는 질문에 대답하면 된다고 했다. 가사를 알아들을 수 없는 벨기에 노래가 한 곡 흐르는 사이, PD가 나를 스튜디오 안으로 데리고 가더니 앉히고 헤드폰을 씌워주었다.

DJ들과 가볍게 인사를 나누고 나니 헤드폰으로 들려오던 노랫소리가 작아지기 시작했다. 심장박동수가 급격하게 증가했다. 길 위에서 수많은 사람들과 만났지만, 난 여전히 소심한 A형 남자였다. 좋아서 하는 일에 대해서는 많은 사람들 앞에서도 덜 긴장했지만, 잘하지 못하는 것에 마주치거나 잘해야 한다는 의무감 같은 게 생기면 바로 긴장한다.

그냥 편하게 친구랑 대화하듯 하면 되는 거다. 어차피 내 모국어가 영어도 아니고, 방송을 듣는 지역 주민들도 영어권 국가 사람들은 아니니 이해해줄 거라고 생각하며 긴장을 푸는 사이, DJ의 멘트 속에서 코레아 라는 단어가 들려왔다. 내 소개를 했나 보다. 아… 드디어 시작이구나.

인터뷰는 가벼운 인사로 시작되었다. 인사를 마치고 나자 DJ가 본격적인 질문을 던지기 시작했다.

DJ 광섭, 얼마나 오랫동안 여행 중이야?

나 2007년 9월부터, 4년 7개월 정도 되었어.

DJ 몇 개의 나라를 방문했어?

나 음… 17개 국가인가?

DJ 어떻게 자전거로 세계일주를 할 계획을 세우게 된 거야?

나   여행 전에 방송국에서 일하고 있었는데, 어느 날 이건 내가 정말로 원하는 삶이 아니라는 생각이 들었어. 그래서 내 자신에게 하고 싶은 게 뭐냐고 물었더니 세계일주라고 답하더라고. 그래서 퇴사하고서 자전거로 우리나라를 한 바퀴 돌았어. 그때 '그래 이거야!' 하는 생각이 들더라고. 그래서 지금 여기까지 와버렸지.

DJ   집을 떠나는 게 힘들지는 않았어?

나   별로. 하고 싶은 일을 할 때는 머리와 가슴 모두가 그 일에 집중하게 되거든. 전혀 힘들지 않았다고 할 수는 없지만… 별로 힘들지 않았어.

DJ   여행하면서 가장 힘들었던 건 뭐야?

나   음… 가장 힘든 건 아마도 외로움이야. 수많은 시간을 홀로 있어야 했거든. 자전거로 이동할 때에도 그렇고 홀로 캠핑할 때도 그렇고, 그럴 때면 외로움이 찾아와서 힘들었던 것 같아. 하지만 괜찮아. 계속해서 나아가면 항상 누군가가 나를 기다리고 있다는 걸 알거든. 그래서 지금까지 계속해서 길 위에서 살아올 수 있었던 거기도 하고.

DJ   사람들에게 네 이야기를 들려주면 반응이 어때?

나   보통 '우아 너 대단하다!' 이런 이야기를 많이 듣긴 하는데, 나는 내가 대단하다고 생각하지 않아. 그저 내가 가장 하고 싶은 일을 할 뿐이거든. 대부분의 사람들이 지금 이 순간에도 자신이 가장 하고 싶은 일을 하며 살고 있다고 생각하니까. 단지 내가 다른 사람들에 비해 조금 특별한 방식으로 살고 있을 뿐이지. 나 역시 그들과 같은 보통 사람이라고 생각해.

DJ 경험한 것 중에 가장 어처구니없었던 일이 뭐야?

나 글쎄⋯ 나는 완전 럭키가이거든. 지난 4년 7개월 동안 도둑도 딱
두 번 맞았을 뿐이야. 어떻게 이렇게 운이 좋을 수가 있는지, 어
처구니없는 일이지. 너무도 좋은 사람들을 많이 만나서 도움 받
고, 또 그들을 통해 나를 성장시킬 수 있었으니까.

DJ 4년이 넘는 긴 시간 동안 경제적인 부분은 어떻게 해결했어?

나 처음 여행을 시작할 때 내 총 경비는 만 오천 불(당시 환율 1,500만
원)이었어. 1년에 오천 불씩 3년간 여행할 계획이었으니까. 그래
서 하루 여행경비는 십 불이야. 자전거에 캠핑용품도 다 가지고
다니기 때문에 따로 숙박비나 교통비를 지출할 필요가 없거든.

DJ 얼마나 더 오래 여행할 계획이야?

나 실은 4년 7개월 동안 여행하면서 내 은행잔고가 안타깝게도 바
닥을 드러내고 있거든. 그래서 집으로 돌아가기 위해 프랑스로
가는 중이야. 귀국한 뒤에는 일단 책을 한 권 낼 계획이야. 어쩌
면 취직을 할지도 모르고, 그러다 또 여행이 하고 싶으면 다시
나올 건데 지금 확답을 할 순 없어. 나는 미래를 확신할 수 있는
사람이 아니거든.

DJ 마지막 질문을 할게. 불편하지 않게 들었으면 해. 개인적으로 늘
궁금했던 건데, 혹시 개고기 먹어봤어?

나 솔직하게 말해서, 응. 두 번 정도 먹어봤어.

DJ 개고기 좋아해?

나　개고기가 닭고기나 소고기보다 맛있다고는 생각하지 않아. 그리
고 개고기를 즐겨찾는 사람도 아니고. 그냥 그건 우리나라 음식
문화의 하나라고 생각할 뿐이야. 그래서 개고기를 좋아한다거나
싫어한다고는 말하고 싶지 않아.

방송을 마치고 녹음 스튜디오 밖으로 나오니 질문들을 제대로 이해하
고 대답을 한 건지 정신이 하나도 없다. 그래도 평소에 자주 받던 질문
들이 대부분이라 그런대로 잘 대답한 것 같아 뿌듯했다. 좀 더 침착하게
설명하지 못한 부분에 대한 아쉬움이 자꾸 남았지만 어쩔 수가 없다. 자
세히 설명할 영어 실력이 안 되는 걸 어쩌겠나. 그래도 영어로 생방송을
해냈다. 그것만으로도 내가 자랑스러웠다. 살면서 단 한 번 쳐본 모의
토익시험에서 500점을 밑도는 점수를 받은 게 전부인 내가, 이제는 어
느 정도 영어로 대화를 나눌 수 있으니 말이다. 그냥 세계일주를 하고
싶어서 무작정 떠나왔고, 사람들이 좋아서 자주 만나면서 한두 마디씩
나누던 경험들이 시간과 함께 쌓여서 지금의 나를 만든 것이다. 아무리
생각해도 떠나기를 참 잘했다는 생각이 든다. 역시 사람은 좋아하는 일
을 해야 하는가 보다.

인터뷰를 마치고 집으로 돌아왔다. 내일 떠날 채비를 하고 있는데 나
탈리가 부른다. 거실로 나가니 노트북 앞에 나탈리가 앉아 있다. 무슨
일이냐고 하니, 웹사이트에서 오늘 인터뷰를 다시 들을 수 있다면서 플
레이 버튼을 눌렀다. 스피커를 통해 내 목소리가 흘러나온다.

자신의 목소리를 듣는 게 어색하다고는 하지만, 나 경우는 더 심했다.

한국말도 어색할 판인데 어느 나라 영어 발음인지 알 수 없는 인터뷰 내용을 듣고 있자니 손발이 오그라들었다. 음… 어… 는 왜 이렇게도 많이 한 건지, 말하는 속도는 왜 이리 제멋대로인지. 그런대로 잘했다고 자부하던 내 마음은 온데간데없고 한없이 부끄럽기만 했다. 반면 나탈리와 잘르는 아무렇지도 않게 잘했다고 칭찬해주었다.

문득 내 친구가 나와 같은 상황이었다면, 나도 분명 잘했다고 칭찬했을 거라는 생각이 들었다. 그러자 마음이 한결 가벼워졌다. 최고의 실력을 뽐내는 사람들도 멋있지만, 최고가 아니어도 당당하게 자신의 실력을 보여줄 수 있는 사람들이 좋다. 아니, 솔직히 말하면 부러웠다. 나라면 저 정도로 사람들 앞에 설 수 없을 텐데 하고 생각하며 그들을 부러워했던 것이다.

돌이켜보면 내 주위의 사람들은 내가 생각하는 것 이상으로 나의 재능들을 인정해준다. 나만 인정하지 않고 있었다. 아니, 인정할 수 없었을지도 모르겠다. 스스로 세워놓은 높은 기준 때문에, 괜히 잘난 척하는 것처럼 보일까 봐 아니라고 부인했다. 겸손이 미덕이라는 한국의 정서 때문이라고 하기에는 정도가 심하지 않았나 싶다. 당당함을 겸비한 겸손, 그 균형의 위치를 조금씩 알아가고 있다는 생각이 든다. 아직도 세상엔 배울 게 많다. 불가리아의 소피아에서 만난 에리니가 좋아하는 문구가 생각났다.

배움에는 끝이 없다. 책을 읽고 시험을 보고 졸업을 하는 것이 배움이 아니다. 삶의 모든 과정, 태어나서부터 죽을 때까지 경험하는 모든 것이 바로 배움의 과정이다.

오늘도 나는 새로운 것을 알아가는, 혹은 이미 알고 있던 것들을 더 깊이 있게 알아가는 배움의 과정 속에 존재한다. 한때는 이게 정말 의미가 있을지 고민하기도 했지만 지금은 어렴풋이 느껴진다. 삶을 살아가는 것, 그게 우리 인생에 있어 가장 의미 있는 것이라는 게 말이다.

바트와 또 하나의 가족

바트, 운명 같은 친구

모닥불을 피울 장작들을 나르는 사람, 둘러앉을 벤치를 만드는 사람, 넓은 잔디 마당 한쪽에 그늘막을 설치하기 위해 도구를 분주히 나르는 사람들, 마당 중앙에 위치한 방갈로를 멋진 DJ 부스로 변신시키는 사람들, 함께 마실 맥주를 냉장고에 차곡차곡 넣어두는 사람들, 알록달록 예쁜 조명을 위해 전기 작업 중인 사람들.

바트네 집 마당은 파티 준비로 한창이었다. 이 파티의 기획자는 벨기에의 한적한 시골에 사는 바트로, 나의 카우치서핑 호스트였다. 그는 봄

맞이 파티를 친구들과 함께 준비 중이었다.

내가 바트의 집에 머물게 된 건 시작부터 운명과도 같았다. 사실 바트가 살고 있는 웨스트켈케(Westkerke)라는 도시를 거쳐 갈 계획은 없었다. 하지만 운명은 벗어날 수가 없는 것일까? 원래 묵기로 정한 오스텐트(Oostende)에서 호스트를 찾을 수가 없었다. 카우치서핑을 이용하면서 아쉬운 점이, 작은 시골 마을에서는 호스트를 찾기가 어렵다는 것이었다. 결국 오스텐트 근처에 있는 호스트를 찾기 시작했고, 나와 바트의 만남은 이루어졌다.

영국을 향해 발걸음을 재촉하고 있던 중이어서 작은 시골인 바트네 집에서의 호스팅에 별 기대가 없었다. 바트라는 친구에 대한 호기심은 있었지만 특별한 재미는 기대하지 않았다. 허나 아주 환상적인 파티가 날 기다리고 있었던 것이다.

바트의 집에서 두 밤만 자고 떠나려고 계획했는데, 바트가 '주말에 마을 친구들과 함께 봄맞이 파티를 열 건데 함께 즐기고 떠나는 건 어떠냐'고 물어보았다.

파티라… 귀가 솔깃했다. 바트는 다른 카우치서퍼들도 여섯 명이나 올 거라며, 모두 함께한다면 더할 나위 없이 즐거울 거라고 했다.

뭐? 나 말고도 게스트가 여섯 명이나 이리로 오고 있다고? 나야 자전거로 여행 중이라 여기를 지나칠 수도 있지만, 다른 사람들은 왜 오는 거냐고 물었다.

한 명은 스웨덴 출신의 아가씨로 현재 히치하이킹 여행 중인데, 바트에게 호스팅 요청을 했다고 한다. 다른 다섯 명은 독일과 브라질 출신의 혼성 밴드인데 인근의 어느 펍에 공연하러 온단다. 그래서 호스팅 받을 곳을 찾고 있던 차에 바트에게 연락이 왔다는 것이었다.

평소에도 네 명 정도는 너끈히 받을 수 있는데, 때마침 부모님이 터키로 여행 중이시라 공간이 충분했다. 일 년 전에 카우치서핑 계정을 오픈한 뒤로 찾아오는 게스트가 없다가, 한 번에 게스트가 일곱 명이나 찾아왔으니 왠지 파티를 열어야 할 것만 같단다. 게다가 그중 다섯 명이 밴드라니, 그들이 파티에서 라이브 공연을 해준다면 그야말로 최고일 거라며 바트는 조금 들떠 있었다. 이야기를 들으면서 내 마음도 들뜨기 시작했다. 더 이상 고민할 필요가 없다. 함께 파티를 즐기는 것은 물론 파티 준비에도 동참하겠다고 말해주었다. 나보다 하루 늦게 온 히치하이커 사라도 하루만 머물고 떠나려던 계획을 변경해 함께 파티를 즐기기로 했고, 밴드 역시 흔쾌히 파티에 참석하기로 했다.

파티의 콘셉트도 흥미로웠다. 대체로 채식주의자인(자기가 직접 기른 동물에게서 얻은 고기류만 가끔 먹는다고 했다) 바트는 야채 스파게티를 주요리로 선택한 뒤, 파티에 참석하는 모두에게 각자 채소를 하나씩 가져오게 했다. 어떤 사람은 당근을, 누군가는 양파를, 또 다른 사람은 가지를… 수많은 채소가 종류별로 모였다.

시키지 않아도 각자 자신이 잘하는 것들을 처리하며 파티를 준비했다. 날이 어둑어둑해지자 모닥불에 불이 피워지고, 색색의 전구들이 어두운 밤과 대조적으로 빛나면서 파티 분위기가 무르익어갔다. 스파게티는 너무나도 맛있었고, 파티에 초대된 친구들이 취향대로 준비해온 갖가지 맥주와 함께 파티 분위기가 달아올랐다. 식사가 대충 끝나고 밤이 더욱 깊어가자 밴드 친구들의 미니 공연이 시작되었다.

오십여 명의 친구들이 웃고 떠들며 흥겨워하는 이 순간, 불쑥 나 홀로 동양인이라는 생각에 이상한 뿌듯함과 아쉬움이 솟아났다. 요즘 문득문득 한국에 있는 내 절친들이 그립기 시작했는데, 지금 이곳에 그들도 함께할 수 있다면 얼마나 더 즐거울까 하는 아쉬움이 들었다. 그리고 수많은 외국인들 속에서도 당당하게 그들의 호감을 얻어내는 내가 바로 진짜 한국인이라는 생각이 동시에 스쳤다. 이곳에 모인 오십여 명 모두에게 물어본 건 아니지만, 대화를 나눈 사람들 모두에게 나는 대한민국 친구 1호였던 것이다. 동양인을 한 번도 만나보지 못한 친구들도 많았다. 어디에나 존재한다고 하던 중국인들도 이 작은 마을에는 없었다. 정치, 경제에 조금 관심이 있던 친구들은 김정일을 알고 있었지만, 대부분의 친구들은 이날 처음 나를 통해 코리아라는 나라에 대해 알게 되었다.

이런 순간이 오면 내가 자랑스럽다. 내가 보기엔 자전거 여행이 별거 아니지만 그들은 거침없이 내게 엄지손가락을 치켜세워줬고, 본래 사람들과 어울리기를 좋아하는 나더러 '유쾌하고 즐거우며 긍정적인 에너지가 마구 솟아나는 사람이다'라며 반겨주었다. 그들이 처음 만나는 대한민국의 이미지가 나로 인해 긍정적인 모습으로 새겨진 것이다. 이러한 뿌듯함이 나를 겸손하게 만들었다. 스스로 마구 떠벌려서 그들더러 내가 대단하다고 느끼게 할 필요는 없었다. 세계일주 초반에는 대단하지 않다고 말하면서도 속으로는 말해주길 기대했다. 나를 그들에게 알리는 것에 급급하기도 했었는데, 경험이 쌓이면서 점점 그러한 자만심이 사라졌다. 그냥 내가 삶이라는 티켓을 가지고 여행하고 있는 지구라는 행성 위에서 만나는 사람들과 가능한 한 조화를 이루며 사는 것, 그 것만으로 나는 충분히 행복하다. 나의 하루는 또 다른 행복으로 기록되고 있었다.

다음 날, 모두가 떠났다. 마당 이곳저곳에 굴러다니는 빈 병과 잿더미가 가득한 모닥불, 아직 철거되지 않은 벤치 및 테이블들만이 지난밤의 흔적들을 간직하고 있었다. 독일에서 다음 공연을 해야 하는 밴드는 새벽에 사라져 굿바이 인사도 제대로 나누지 못했고, 히치하이커인 사라도 독일로 향하는 터라 그들의 차에 함께 타고 내가 잠들어 있는 사이에 떠났다. 인생처럼 여행도 때로 이렇게 작별인사조차 없이 이별을 맞이하곤 한다. 반나절에 걸쳐서 파티 뒷정리를 끝낸 후, 바트와 좀 더 깊이 있는 대화를 나눌 수 있었다.

그는 대학교에서 건축학을 전공했다. 그러다 갑자기 학업을 그만두고는 배낭 하나 메고 히치하이킹으로 중국까지 가기도 했고, 로우바이크(노 젓듯이 주행하는 자전거)를 타고 스칸디나비아를 여행하기도 했단다. 그는 나보다 생물학적으로 열 살이 어렸지만, 정신적으로는 종종 나보다 더 성숙한 모습을 보여주었다. 철학, 문화, 예술, 인생 등 어떤 주제가 나오더라도 함께 논쟁을 벌이는 것을 즐길 줄 알았다. 우리는 스스럼없이 가지고 있는 의견을 마음껏 서로에게 쏟아부었다.

바트네 집에서 떠나기 전날, 바트와 여동생 린은 일을 하러 가고 나 홀로 집에 있어야 했다. 원래는 파티가 끝난 후 월요일에 떠나려고 했었다. 그런데 파티 다음 날도 남은 술과 함께 서로에 대한 이야기로 밤을 지새우다 보니 자전거로 짐을 싸매고 떠날 컨디션이 아니었다.

가만히 집에 있으려니 딱히 할 일도 없고 심심했기에, 오스텐트에 가서 영국으로 가는 배편의 정보를 얻기로 했다. 인터넷으로 예약이 가능한 상태이긴 했는데, 자전거를 싣는 내용에 대한 정보가 없었기 때문이다. 게다가 자전거에 짐수레를 달고 다니는 나에게는 좀 더 확실한 정보가 필요했다.

자전거를 타고 수로를 따라 벨기에의 한적한 시골길을 달리는 기분은 상쾌했다. 아직 봄이 채 오지 않아 바람은 좀 차가웠지만, 햇살이 따뜻했기 때문에 자전거를 타기에 더없이 좋은 날씨였다. 한 시간 반 정도 달려 오스텐트에 도착했다. 항구도시답게 각종 요트와 수많은 배들이 선착장에 정박해 있었고, 배낭 여행자들도 종종 볼 수 있었다.

인포메이션 센터에 가서 자전거를 가지고 영국으로 들어가려고 하는데 어떻게 해야 하냐고 물어보았다. 자전거는 안 되고, 등록된 번호판이 붙어 있는 자동차나 오토바이만이 승선 가능하단다. 자전거와 함께 탈 수 있는 방법은 없냐고 물어보니, 자신들이 도와줄 수 있는 방법은 없지만 자동차에 자전거를 실으면 승선이 가능하다고 했다. 오토바이는 되는데 자전거는 왜 안 되는지 이해가 되지는 않았지만, 따진다고 될 것 같진 않았다. 시도해볼 만한 유일한 방법은 출항시간 전에 영국으로 가는 승합차나 트럭, 혹은 빈자리가 충분한 차를 섭외해서 도움을 청하는 것뿐이다. 허나 유난히 입국이 까다롭기로 유명한 영국으로 가는 길에 도와줄 사람을 찾는 건 그리 쉬워 보이지 않았다. 일단은 바트와 함께 의논해보기로 했다.

바트 역시 히치하이킹 외에는 달리 방법이 없을 것 같다고 했다. 배낭 하나 달랑 메고 있는 상태라면 얼마든지 시도해보겠지만, 자전거뿐만 아니라 짐수레에 가방만 여섯 개라 선뜻 용기가 나질 않았다. 조금 고민하다가, 결국 프랑스로 넘어가서 배를 타고 영국으로 들어가기로 마음을 정했다. 그랬더니 바트가 자기가 스페인으로 갈 때 같이 가지 않겠냐고 물어본다. 새로운 여행을 준비 중이던 바트는 열흘 후에 함께 여행을 할 친구를 만나러 스페인으로 갈 예정이었다. 시간과 루트를 맞출 수 있다면 함께 며칠 다녀보는 것도 좋지 않냐는 제안이었다. 내일이면 부모님이 돌아오시는데, 부모님도 널 만나면 좋아하실 거라며 그때까지 이곳에 얼마든지 머물러도 좋다고 했다. 바트와 함께 달려보고 싶기도 하고, 바트의 부모님도 만나뵙고 싶고, 프랑스까지 가는 동안 만날 호스트를 정해놓지도 않은 상황이었기에 일단 며칠 더 지내보기로 했다. 어렵게 생각할 필요가 없다. 마음이 이끄는 대로, 갈피를 못 잡고 있다면 원하는 걸 알아챌 때까지 머물면 되는 것이다. 우연히 만나 인연이 된 바트와의 관계는 운명처럼 더 깊어가고 있었다.

영국 입국 거절 사건

바트와 함께 잠시라도 여행해볼까? 하는 생각은 바트의 출발 날짜가 한 주 늦춰짐에 따라 자동적으로 취소가 되었다. 바트와의 동행이 취소되었기에 난 서둘러 영국을 향해 떠나기로 했다. 셍겐 조약과 주머니 사정이 맘에 걸렸기 때문이다.

셍겐 조약이란, 유럽의 각국이 공통의 출입국 관리 정책을 사용하여 국경 시스템을 최소화해 국가 간 통행에 제한이 없게 한다는 조약이다.

한국은 유럽의 거의 모든 국가들과 무비자 협정을 맺어둔 상태기 때문에 비자 없이 90일간 상대국을 방문할 수가 있다. 한데 이 셍겐 조약에 의해서 예전 국경 시스템이 사라짐에 따라, 유럽에 처음 입국한 날짜는 여권을 통해 확인이 가능하지만 그사이에 어느 나라에서 며칠이나 있었는지는 확인이 어려워졌다. 예를 들어 독일 두 달, 네덜란드 두 달 여행 후 벨기에에 두 달째 체류 중일 경우, 셍겐 조약이 있기 전에는 아무런 문제가 되지 않았다. 하지만 지금은 문제가 될 수도 있다. 가장 확실한 방법은 셍겐 조약국을 모두 통틀어 90일 이상 머물지 않도록 여행하는 수밖에 없다.

유럽에 오기 전부터 이 문제 때문에 인터넷도 뒤져보고 이민국에 문의도 해봤는데, 나라마다 셍겐 조약과 무비자 면제 협정 중 우선순위가 달랐다. 여행 중에 만난 몇몇 외국인들에게서도 이 조약 때문에 벌금을 물고 추방당했다는 이야기를 들었다. 각 국가별 체류기간을 확실하게 설명할 수 있으면 제제를 받지 않을 수도 있다는 이야기를 들었기에 조금은 안심이 되었다. 하지만 문제가 없을 거라고 호언장담할 수는 없다. 나는 이미 90일이 넘는 기간 동안 셍겐 조약 국가들에 체류 중이었다. 물론 각 국가별로 90일을 넘기진 않았기에 크게 걱정되진 않았지만, 전체적인 여행 경비도 부족하니 빨리 책을 내서 여행비용을 충당해야겠다고 생각했다. 암스테르담에서 신나게 지내는 동안 알지도 못하는 사이에 너무 많은 지출을 했다. 그러다 문득 통장 잔고를 보고서야 내 여행을 의도와 상관없이 끝내야 된다는 두려움이 밀려왔던 것이다. 책 작업에는 아무리 못해도 3개월 이상의 시간이 필요할 것 같았고, 그래서 6개월간 체류 가능한 영국으로 가서 책 작업을 해야겠다고 생각했다. 어차피 바트와의 계획도 무산이 된 지금 빨리 영국에 가고 싶었다.

이런 사정을 알고 있던 바트가 새로운 제안을 했다. 친구 미칠이 덩케르크(Dunkirk)에 가니까 그 차로 페리 선착장까지 가는 게 좀 더 빠르고 편할 것 같은데 어떠냐고 물은 것이다. 자전거를 타고 가면 오후 늦게나 선착장에 도착한다. 만약 배가 없다면 선착장 근처에서 새우잠을 자야 할 것 같던 차에 너무도 달콤한 제안이었다. 자전거만의 여행을 고집하는 모습 따윈 이미 몇 년 전에 사라졌다. 반갑게 바트의 제안을 받아들였다.

다음 날 아침, 미칠이 미니밴을 끌고 바트의 집으로 왔다. 바트의 부모님은 언제 준비하셨는지 가는 길에 먹으라면서 빵과 각종 햄과 샐러드, 과일에 초콜릿까지 커다란 봉투에 한가득 준비해주셨다. 정말 열흘 동안 아무런 부담 없이 대해준 바트의 가족들의 마음에 대한 감사가 내 가슴속에 가득 차고 넘쳤다. 또 한 번의 아쉬운 작별을 하고 케르크로 이동했다.

드디어 선착장에 도착했고 내가 표를 끊는 것까지 확인한 미칠은 작별인사를 고했다. 영국에서의 시간을 다 보내고 나면 꼭 바트의 집으로 가서 모두를 만나겠다고 다짐했다. 그들과 다시 만나고 싶다는 바람이 얼마나 빨리 이뤄질지 이때는 전혀 몰랐다.

10시간 뒤, 나는 바트의 가족들과 함께 식탁에 둘러앉아 있었다.

그렇다. 영국으로 가지 못하고 다시 바트의 집으로 돌아왔다. 영국에서 입국 거부를 당한 것이다.

미칠과 헤어지고 난 뒤 여권과 티켓을 챙긴 나는 배를 타기 위해 이민국을 지나려 했다. 프랑스령의 이민국에서 스탬프를 찍고 나서 도착한 영국령의 이민국에서 문제가 발생했다. 뭔가 이상한 녀석이 나타났다는 듯이 나를 한번 훑어본 담당 사무원은 내게 영어를 할 줄 아냐고 물었다. "물론"이라고 대답하자, 몇 가지 질문을 할 건데 대답을 해달라고 했다. 셍겐 조약이 문제가 되나? 하지만 영국은 셍겐 조약국이 아니다. 딱히 두려워할 이유는 없었다.

"얼마나 오래 영국에 머물 계획입니까?"

"글쎄요. 한 3~4개월 정도?"

"왜 그렇게 오랫동안 체류하려는 겁니까?"

"음… 워낙 자전거로 설렁설렁 여행하는 편이라서요. 얼마나 시간이 걸릴지 잘 모르겠거든요. 여권 보면 알겠지만, 2007년부터 지금까지 계속 여행 중이라서요."

"그럼 영국에서 나가기 위한 티켓은 있습니까?"

"아뇨, 언제 나갈지 정한 게 아니라서 출국 티켓은 없는데요."

"그럼 돈은 얼마나 가지고 있습니까?"

"지금 주머니에… 잠깐만… 한 이백 유로 정도 있는데요."

"그게 가진 돈 전부입니까? 은행 예치금 같은 건 없습니까?"

"있는데요."

"그럼 은행 예치금 확인서를 좀 보여주시죠."

"그런 건 없는데요……."

뭔가 잘못되고 있다는 생각이 들었다. 이민국 사무원은 못마땅하다는 표정으로 나를 계속 이리저리 살펴보았다.

"그렇다면 입국허가를 해줄 수 없습니다."

"네?"

"입국허가를 해줄 수가 없다고요."

마른하늘에 날벼락 같은 이야기였다. 영국으로 가야만 하는데 입국 거절이라니…….

"왜죠?"

"당신이 만족할 만한 대답을 해주지 않았으니까요. 그렇다고 해서 입국 금지인 건 아닙니다. 출국 티켓과 확실한 체류 계획, 그리고 그에 맞는 돈을 가지고 있다는 사실을 증명할 서류를 가지고 다시 오면 입국허가를 해드리죠."

"왜 그래야 하는데요? 출국하는 날짜가 유동적일 수도 있고, 한국에 있는 계좌에 대한 증명 서류를 여기서 뽑을 수도 없는데…….'

"불법 체류할 가능성이 농후하기 때문입니다. 불법취업도 의심되고."

"영국에 불법 체류나 불법 취업을 하기 위해서 한국에서부터 5년 걸려서 자전거를 타고 여기 오는 게 말이 된다고 생각합니까? 그럴 생각 없는데…….'

"미안하지만 입국하고 싶으면 방금 말한 조건들을 충족해서 다시 오시죠."

입국을 거절당했다. 사무원은 잠시 기다리라고 했다. 어떻게 해야 할지 아무런 생각도 떠오르지가 않았다. 그냥 이 상황을 없던 일로 하고만 싶었다. 어디로 발걸음을 옮겨야 할지도, 이제 무엇을 해야 할지도 알수가 없었다. 지금까지 여행 중에 생긴 일들은 어느 정도 예측이 가능했거나 대처 방안이 쉽사리 떠오르곤 했다. 하지만 지금 이 상황은 전혀예상치 못했다. 럭키가이라고 너무 자만했나 하며, 럭키라는 단어와 거리가 먼 이 상황을 받아들이고 싶지가 않았다. 하지만 현실은 냉정했다. 일단 프랑스로 다시 되돌아가야만 했다.

잠시 후 프랑스 경찰 두 명이 내게 왔다. 프랑스로 안내해줄 테니 자전거로 경찰차를 따라오라고 했다. 바로 다른 걱정이 고개를 든다. 조금전에 프랑스에서 출국 스탬프를 받았는데 어떻게 해야 하나? 혹시 프랑스에서도 입국을 허락하지 않으면 어떻게 하지? 그냥 이대로 한국으로강제추방 당하는 건가? 자전거 세계일주 프로젝트가 이렇게 어처구니없게 끝이 나는 건가? 가슴은 마구 방망이질을 치고 머리 속은 하얀 백지처럼 되어버렸다.

갑자기 경찰차가 속력을 높이더니 점점 시야에서 작아져 간다. 어? 이건 또 무슨 웃긴 상황인지… 외길이라 그런가? 계속 길을 따라가다보니 갈림길이 나왔다. 경찰차는 보이지 않았다. 어느 길로 가야 하는지알 수가 없다. 표지판을 확인하고 시내 방향으로 추정되는 곳으로 계속달렸다. 10여 분을 달렸는데, 경찰차는커녕 광활한 들판에 저 멀리 컨테이너들만 보인다. 엄한 곳에 도착한 것 같았다. 뭐지, 아까 그 경찰들은대체 뭘한 거야? 나는 왜 여기에 있지?

입국을 거절당한 순간부터 지금까지, 예상치 못한 상황에 혼란스러웠다. 무심코 쳐다본 하늘은 내 기분 따위 알 바 아니라는 듯이 맑고 깨끗

한 파란색이었다. 마음이 공허해지고 외로움이 덜컥 밀려왔다. 친구들이 보고 싶고, 한국이 그리워졌다. 그 순간 나를 따뜻하게 대해주던 바트가족 생각이 났다. 지금 내가 돌아갈 곳은 바트의 집밖에 없었던 것이다.

나는 바트에게 전화를 걸어 상황을 대충 설명하고, 집으로 다시 가도 괜찮겠냐고 물었다. 바트는 흔쾌히 다시 돌아오라고 말했다. 자초지종을 들은 바트의 가족은 일단 여기 잠시 머물면서 앞으로의 계획을 세우라고 위로해주었다. 바트의 가족은 내게 있어 또 하나의 가족이었다.

또 하나의 가족

바트의 부모님은 바트 친구들의 말처럼 인자하고 너그러운 마음을 가진 좋은 분들이었다. 아침이면 항상 맛있는 아침 식사를 챙겨주셨다. 집 안 창고에 가득 비치된 음식들을 언제고 자유롭게 꺼내 먹어도 좋다고 하셨고, 내가 뭐라도 필요해 슈퍼마켓에 다녀오려고 하면 자신들이 나갔다가 돌아오는 길에 사다주시겠다며 내 주머니에서 단 한 푼의 돈도 꺼내지 못하게 하셨다.

한국에서처럼 자연스럽게 어머니 아버지라고 부르려고 했는데, 한국인이 아닌 그들은 이런 내 표현을 굉장히 낯설어하셨다. 파더나 마더라고 부르는 건 나도 영 어색했기에 대디와 맘이라고 불렀는데, 신기하게도 '맘'이라는 단어는 입에 착착 붙으며 잘도 나오는데 대디라는 표현은 어딘가 좀 어색했다. 다행히도 바트의 아버지는 '대디'라는 표현을 나보다 더 어색해했다. 결국 아버지는 그냥 이름을 불렀다.

입국 거절로 인해 혼란 상태에 빠진 내 얼굴은 어딘가 수척해지고 웃음이 사라져 있었다. 그런 내가 안쓰러우셨던 바트의 어머니는 이후 일정에 대한 결정을 스스로 내릴 때까지 부담 없이 지내면서 마음을 추스르는 데에만 집중하라고 하셨다. 바트 역시 조언이 필요하거나 도울 게 있다면 언제든지 요청하라고 했고, 아버지도 여동생도 편안하게 날 대해주었다. 그런 바트 가족의 따뜻함은 나를 안정시켜주었다.

고민하다 보니 우선 결정해야 할 일이 무엇인지 알 수 있었다. 여행을 하는 동안 가끔씩 내 눈치를 보며 숨어 있던 그 고민. 바로 한국으로 돌아갈까? 하는 문제였다.

가끔 외로움이 사무칠 때마다 돌아갈까 고민했었다. 하지만 아직 한국이 그립지도 않았고, 새로운 것을 더 경험하고 싶은 마음에 '이 순간이 지나고 나면 분명 후회할 거야'라고 생각하며 여행을 계속했다. 하지만 지금은 생각하면 할수록 집에 돌아가고 싶었다. 책을 쓰겠다고 마음먹었을 때부터 그랬다. 어차피 한국에서 출판할 건데 돌아가서 쓰는 게 낫지 않을까 생각했지만, 일단 귀국하고 나면 다시 나오지 못할지도 모른다는 불안감에 선택하지 않으려 했다. 하지만 바트네 집에서 지내자니 점점 한국에 대한 그리움이 쌓여갔다. 따뜻한 가족들과 함께 지내면서, 내 동생과 제수씨 그리고 사진으로만 만나본 네 살짜리 조카, 나를 아끼고 사랑해주는 친척들이 보고 싶어졌다. 바트와 바트 친구들의 우정을 옆에서 보면서 나도 오래된 벗들과 웃고 떠들견서 또 다른 추억을 차곡차곡 쌓고 싶어졌다. 생각하면 할수록 내 마음은 지난 오 년간 비워둔 한국에서의 생활을 그리워하고 있었다. 나는 오 년 만에 집으로 돌아가기로 마음을 먹었다.

귀국하기로 마음먹자, 신기하게도 모든 근심이 한순간에 사라졌다. 오히려 귀국이라는 생각에 설레고 있었다. 나는 바트의 가족에게 내 결정을 알렸고, 바트의 부모님은 내 의견에 동의했다. 반면 바트는 이 상황을 해결할 방법이 있는데 왜 더 여행하지 않냐며, 나약해진 내 마음을 안타까워했다.

그의 마음이 이해가 되지 않는 건 아니었다. 바트는 무슨 일이 생겨도 지금까지 해온 것처럼 잘 해나갈 수 있다는 마음을 가져보라고 권유했다. 이대로 돌아가면 어쩌면 다시는 지금처럼 길 위에서 지내기 힘들 거라는 걸 예상했기 때문인지도 모른다. 언제나 위로보다는 바른 충고를 해야 한다고 생각하는 바트는 내 약해진 마음을 이해는 해도 위로해주고 싶지 않았던 것이다.

옆에서 우리의 대화를 듣던 바트의 어머니가 마음을 좀 헤아려주라고 했지만, 바트는 그건 날 위한 게 아니라며 자신의 의견을 굽히지 않았다. 그러자 바트의 어머니는 내가 안쓰러워 보였는지 끝까지 내 편을 들면서 다독여주셨다. 친엄마 같은 따뜻한 포옹에 그만 두 눈에 눈물이 고이고 말았다. 어쩌면 그동안 이런 위로가 필요했는지도 모른다. 늘 긍정적인 마음으로 세상을 대하면서 혼자 감당했지만 사실 어딘가 기대고 싶었는지도 모르겠다. 나의 벨기에 맘은 내 외로움을 가슴으로 안아주셨다.

결정을 내린 나는 귀국 날짜를 정하고, 파리에서 출발하는 한국행 비행기 티켓을 예매했다. 내 여행에 처음으로 D-day가 생긴 것이다. 귀국한다고 해서 세계일주 프로젝트가 완전히 끝나는 건 아니지만 어딘가 마음이 허전해졌다. 하지만 귀국하면 순댓국밥을 먹을 수 있을 거라는

생각을 시작으로, 친구들과 함께 만나 소주잔 기울이며 그동안 쌓인 이
야기를 풀어내야지, 귀여운 조카도 만나봐야지, 대한민국 서울은 어떤
모습으로 얼마나 달라져 있을까 하는 설레임으로 들뜨고 있었다.

한 달 남짓한 시간이 내게 새로 주어졌다. 그러자 그동안 얼마나 귀한
시간들을 자유롭게 사용하고 있었는지를 알 수 있었다. 귀국해서 조금
이라도 미련이 덜하도록 남은 한 달을 아름답게 마무리하고 싶었다. 그
래서 무척 오랜만에 계획을 세우기 시작했다. 특히 카우치서핑 계획을
말이다.

자전거로 이동할 루트를 파악하고 도시들을 선정허 카우치서핑 요청
메일을 보냈다. 한 달 치 카우치서핑 계획을 세우기로 한 것이다. 물론
변덕스런 내 마음에 맞게 조금은 유동적이어야 한다.

다시 길 위에 설 준비가 다 끝났다. 또 하나의 가족이 된 바트네와 다
시 한 번 작별인사를 나눴다. 이번에도 배고프지 말라며 날 위해 먹을거
리를 한 보따리 챙겨주었다. 우연히 찾아든 벨기에의 작은 마을에서 나
는 운명처럼 친구 바트를 만나고 또 하나의 가족을 만났다. 마법 같은
이 만남이 너무나도 고맙다. 작별인사를 하는데 벨기에 맘이 눈물을 흘
리셨다. 괜히 나도 울컥한다. 그동안 수많은 사람들을 길 위에서 만나고
헤어졌지만, 오늘 이 이별은 왠지 마음이 더 짠하다. 다시 꼭 만나러 오
겠다고 인사하며, 고마움과 사랑하는 마음 그리고 아쉬움을 가슴 가득
품고서 따뜻한 집을 떠나 그리운 집으로 향했다.

리베르따스   야.

광섭군   왜.

리베르따스   집에 가기 싫지?

광섭군   하아… 솔직히 그렇지. 돈만 아니었으면 돌아가진 않을 거야. 물론 그냥 돈 때문만은 아니지만, 너도 알잖아. 그동안 얼마나 신나고 즐거웠는지.

리베르따스   복귀에 대한 부담은 없고?

광섭군   없다면 거짓말이지. 가진 게 없으니까. 통장 잔고는 바닥을 쳤지, 두 다리 뻗고 잘 나만의 공간도 없지.

리베르따스   처음 출발할 때 이렇게 될지도 모른다고 걱정했다며? 각오했던 거 아니었어?

광섭군   당연히 했지만, 이제 막 세계일주를 향해 출발하는 판국에 들뜨기만 하지 무슨 걱정인들 마음에 들겠냐? 게다가 내 계획대로만 노력하면 다 잘될 거라고 생각했다고. 걱정할 만한 암울한 미래는 없을 거라고.

리베르따스   그래서 지금은 어떤데?

광섭군   하아… 안 그래도 마음이 복잡하기 짝이 없는데 대답하기 어려운 질문들만 골라서 하네. 노린 거냐?

리베르따스 글쎄다.

광섭군 솔직히 처음 계획한 세계일주와는 많이 다르지. 그것 때문에 귀국하는 건 아니지만… 처음 계획을 지키려고 하지 않았던 건 사실이야. 시간을 아껴쓰지 않은 것도 그렇고, 돈을 계획대로 벌지도 않았고. 하지만 지금 상태에 후회는 없네.

리베르따스 그래?

광섭군 그래. 지난 시간들이 너무 소중하니까. 돈으로는 절대 얻을 수 없는 경험들이었던 데다, 너무나도 좋은 사람들을 많이 만났거든. 많이 성장하기도 했고. 그래서 후회하지 않아.

리베르따스 그러냐? 내가 보기엔 그렇게 커지진 않은 것 같은데. 오히려 살이 빠졌어.

광섭군 지금 말한 성장이란 키를 얘기하는 게 아냐. 정신적인 성장을 얘기하는 거라고.

리베르따스 정신적으로도 그다지 나아진 것 같진 않은데?

광섭군 물론 한국에서 계속 생활했더라도 정신적으로 성장했겠지만…….

리베르따스 어이, 내 말은 무시하는 거냐.

광섭군 어떤 방향으로 성장해야 더 좋고, 옳다는 이야기가 아니야. 그냥 이미 지나온 과거가 너무 소중해서 후회할 수 없다는 거지. 인간은 언제나 최선의 선택을 하며 살아가기 때문에 지나간 후에 후회할 필요는 없어. 단지, 다른 선택을 하는 편이 나왔을 거라는 생각이 들면 다음번에는 다른 것을 골라보는 게 좀 더 현명한 게 아닐까 생각하는 것일 뿐이야.

리베르따스 다른 사람들이 미래에 대해 걱정 안 하냐고 많이들 물어봤잖아. 그때 사람들이 예언했던 그 미래가 눈앞에 다가온 거 아냐?

광섭군 그때나 지금이나 기본적인 고민은 똑같지. 과연 돌아가서 어떻게 먹고 살아야 할지, 그건 지금 이 순간에도 내 머리 속을 괴롭히고 있거든. 길 위에서 만난 단기여행자들이 나를 부러워한 이유도, 그들이 이러한 고민의 벽을 넘지 못하고 포기했기 때문이었잖아. 5년 가까이 돌아다니는 동안 나이는 어느새 서른셋이 됐지, 학벌은 전문대졸이지, 사회생활은 떠나기 전에 3년 정도 해본 게 다라구. 이게 대한민국 사회 속에서 내 스펙의 현주소니까. 물론 마음 한편에는, 세상의 누군가가 분명 내 경험에 대한 가치를 이해하고 새로운 기회를 줄 누군가가 있을 거라는 희망을 갖고 있지만…….

리베르따스 없어, 없어.

광섭군 이건 어디까지나 내 희망사항일 뿐이고.

리베르따스 또 내 말 무시하냐?

광섭군 냉정하게 현실을 바라보면 결코 희망적이지만은 않지. 하지만 그렇다고 막연하게 어두운 미래가 기다릴 거라고 생각하지도 않아. 분명 나는 내가 가야 할 길로 가고 있을 테니까!

리베르따스 즉 현실은 하나도 변하지 않았는데 사고방식이 긍정적일 뿐이잖아.

광섭군　　아냐. 제일 중요한 사실은 여기서 세계일주를 끝내겠다고 결
정한 게 아니라는 거야. 여러 가지 상황에 의해 일시정지된
것뿐이지. 물론 언제 다시 시작할지는 몰라. 계획이야 세울
수 있지만 언제 또 주변 여건이 날 다른 길로 안내할지 알 수
없으니까. 앞으로는 마음이 흐르는 대로 살아갈 거야. 일단
은 돌아가서 카우치서핑에 대한 책을 내는 게 가장 큰 계획
이니깐 그 일에 초점을 맞춰야겠지.

리베르따스　책을 쓰는 것에 부정적인 척하더니, 속으로 그런 야무진 꿈
을 꾸고 있었단 말이야?

광섭군　　긍정적이진 않았지만, 부정적이었던 적도 없어. 내 여행을
책을 위한 여정으로 만들고 싶진 않았을 뿐이야. 책을 쓴다
는 건 내 영혼을 세상에 내보이는 것과 마찬가지라고 생각하
거든. 하지만 카우치서핑에 대해서 우리나라 사람들이 너무
모르고 있길래 부끄럽지만 내가 써보기로 마음먹은 거지. 그
리고 솔직히, 내 이름으로 출간된 책이 한 권 있다는 건 멋진
일이잖아.

리베르따스　그리고 잘 팔려서 돈도 벌면 좋고?

광섭군　　그렇게 될 수 있다면 좋겠지만, 그게 현실적으로 쉬운 일은
아니잖나. 기대는 해볼 수 있겠지만, 책을 써서 돈 버는 사람
은 아주 극소수에 불과하잖아. 영어로 쓸 수만 있다면 전 세
계 인구를 대상으로 팔아서 기적을 노려볼 만도 하지만…

너도 알다시피 내 영어실력은 글쓰기에는 턱없이 부족하니

까.

리베르따스　한글로도 글을 못 쓰면서 영어는 무슨. 허영심 하나는 우주

최강이네.

광섭군　좀 좋은 말로 응원해주면 어디가 덧나냐? 이제 언제 또 함께

달릴지 모르는 상황인데… 아, 그게 속상해서 툴툴대는 거

야?

리베르따스　내가 왜 너 같은 걸…….

광섭군　왜 말을 흐리냐?

리베르따스　그나저나 돌아가면 어떡할 거야?

광섭군　말 돌리는 거냐?

리베르따스　돌아가자마자 나부터 팔아치우는 거 아냐?

광섭군　아냐. 일단은 책을 써야지. 책을 쓰기 위해서 내게 필요한 건

그리 많지 않으니깐 너를 팔 필요는 없을 거야. 뭔가를 소유

하지 않더라도 행복하게 지내는 법을 여행하면서 확실하게

배웠으니까. 법정 스님이 말씀하신 무소유가 이런 게 아닌가

싶어. 소유하지 말라고 말하신 게 아니라, 소유하지 않더라

도 행복해지는 법을 배우라고 하신 게 아닐까 하고 말야.

리베르따스　내 등 뒤에 실어놓은 저 짐들을 보고도 그런 말이 나오냐?

무게가 80kg이나 된다구, 80kg!

광섭군　인간이 삶을 살아가며 추구하는 것들 중 가장 중요한 게 행

복이라고 생각하는데, 난 내가 어떻게 살아야 내가 원하는

행복에 가까이 갈 수 있는지 알고 있거든. 그러니 길 위에서
의 남은 시간 동안, 좀 더 친절하게 대해주면 안 되겠냐?

리베르따스   너 하는 거 봐서.

광섭군   까칠한 녀석 같으니…….

리베르따스   이제 그만 일어나. 자명종 울릴 시간이 다 된 것 같으니까.

광섭군   응? 일어나라니? 설마… 지금 이거 꿈이야?

리베르따스   당연히 꿈속이지. 그게 아니면 어떻게 사람과 자전거가 얘기
를 하겠어?

광섭군   하여튼 까칠한 녀석이라니까.

라티샤에서 앨리스까지 100km

　졸린 눈을 부비며 겨우 짐을 챙겨들고 나왔다. 아직 동트기 전이라 세상은 깜깜하다. 띄엄띄엄 서 있는 가로등 불빛, 이른 새벽을 준비하는 몇몇 가구의 창문에서 새어나오는 빛이 이른 새벽의 고요함을 어딘가 분위기 있게 만든다. 카우치서핑을 하면서 이렇게 일찍 나와 보기는 이번이 처음이다. 아니, 캠핑하던 때가 아니면 웬만해서는 이 시간에 일어나지도 않았다. 하지만 오늘은 어쩔 수가 없다. 지난밤 나를 포근하게 재워준 호스트 라티샤는 병원에서 일하고, 오늘 새벽 6시에 교대하기에 집에서 일찍 출발해야 했던 것이다. 꽤나 졸리기는 하지만, 생캉텡

(Saint-Quentin)까지 100km가 넘는 거리를 자전거로 달려야 한다는 걸 생각하면 일찍 출발하는 게 나을 수도 있었다.

라티샤는 조금 서운한 얼굴을 하고 있었다. 그녀가 살고 있는 이곳은 여행자들이 올 만한 관광지가 아니었기에 불쑥 나타난 내가 무척이나 반가웠던 모양이다. 그녀는 나보다도 영어 사용이 서툴렀지만, 그래도 손짓 발짓 다 해가며 이야기를 나누었다. 그녀와 좀 더 시간을 보내고 싶었지만 귀국일이 정해져 있기에 예전처럼 마음 가는 대로 일정을 진행할 수가 없었다. 12시간이 조금 넘는 짧은 만남의 아쉬움을 뒤로한 채, 나는 생캉텡으로, 라티샤는 병원으로 향했다.

봄기운이 만연한 프랑스의 시골길을 몇 시간 달리다 보니 서서히 동이 터오른다. 그러고 보니 오랜만에 자전거 타고 달리면서 보는 일출이다. 자전거 여행 초반에는 자주 보던 일출인데 카우치서핑을 시작한 5개월 전부터 보지 못했던 것 같다. 심지어 겨울이라 밤이 더 길었음에도 불구하고 말이다.

세 시간 정도 달렸을까? 슬슬 허기가 지기 시작했다. 그러고 보니 졸린 눈을 겨우겨우 떠가면서 맛도 제대로 느끼지 못한 채 피자 한 조각 먹은 게 다였다. 어젯밤에 준비해둔 빵과 콜라 한 캔으로 아침 식사를 시작했다.

생캉텡에서 나를 호스팅해줄 카우치서퍼는 두 명이었다. 그레고리라는 남자와 앨리스라는 여자다. 그레고리가 먼저 내 카우치 요청에 응했고, 앨리스가 좀 더 늦게 내게 답장을 주었다. 그레고리는 혹시 신문사와 인터뷰하고 싶지 않냐고 내게 물어왔고, 앨리스는 신문기자라며 나를 인터뷰하고 싶다고 했다. 이건 또 무슨 우연인지. 혹시 그레고리가 연결시켜주려는 신문사가 앨리스네 신문사인가? 누굴 생캉텡에서의 호스트로 선택해야 할지 고민이 되었다. 사실은 어제 결정을 내렸어야 하는데, 라티샤와 이야기를 나누다가 그만 전화로 연락할 타이밍을 놓쳐버렸던 것이다. 새벽 6시도 안 된 시간에 연락할 수도 없었고, 9시가 넘은 지금 시간이라면 그나마 괜찮을 것 같았다.

자전거 핸들바에 장착된 가방을 열고 휴대전화를 꺼내려고 했다. 어라? 보이지 않는다. 입고 있는 잠바의 주머니에 있나? 거기에도 없었다. 다시 한 번 핸들바 가방을 뒤져보았는데, 여전히 보이지 않았다.

침착하게 기억을 더듬어 보았다. 비몽사몽이던 아침. 분명히 충전을 완료하고 잘 챙긴다며 잡은 것까지는 기억이 나는데, 그 이후를 모르겠다. 짐을 쌀 때 다른 데 섞여 들어간 건가? 그럼 가방 여섯 개를 다 뒤져야 한다고? 아… 싫은데……. 허나, 별 수 있나. 자전거에서 패니어(자전거 여행용 가방)를 떼어내어 안에 있는 물건들을 뒤적거리기 시작했다.

20여 분의 시간을 들여 샅샅이 수색했는데도 휴대전화가 보이지 않았다. 설마 오는 길에 떨어뜨린 건가? 안 되는데, 내 미래의 호스트들과 연락하기 위해서 반드시 필요한 장비인데. 최악의 상황만은 피하고 싶었던 나는 라티샤의 집에 놓고 온 거라고 생각하기로 했다. 다행히도 내 카우치서핑 플랜 노트에는 프랑스에서 나를 재워준 사람들의 주소와 연락처가 모두 적혀 있다.

그런데 공중전화가 보이지 않는다. 큰 마을은 아니라고 해도 공중전화 한 대 정도는 있기 마련일 텐데 보이지 않는다. 설령 공중전화를 찾는다고 해도, 업무시간 동안에는 라티샤도 휴대폰이 그녀의 집에 있는지 없는지 알아낼 방도가 없다. 아… 다시 3시간을 되돌아가야 하나? 게다가 돌아가도 라티샤가 집에 없다. 퇴근하고 돌아오려면 오후 3시까지 꼼짝없이 기다려야 할 텐데. 만약 그녀가 귀가할 때까지 기다렸는데 휴대전화가 거기에 없다면… 멘붕이다, 멘붕.

어떤 결정을 내려야 후회가 적은 선택이 될지에 대한 고민이 시작되었다. 되돌아가느냐? 그냥 생캉텡을 향해 달려가느냐? 고민을 하다 보니 왜 하필 그 많은 물건들 중에 휴대전화인가 하고 억울해진다. 심호흡을 하며 마음을 차분히 가라앉히고는 일단 주어진 상황에서 최선책을 정하기로 했다.

마음을 정한 나는 다시 자전거에 올라 생캉텡을 향해 달리기 시작했다. 하필이면 근래 들어 가장 많은 거리를 달리기로 한 날 이런 일이 발생하다니. 깊이 생각하지 않으려고 애써도 맘대로 되지 않는다. 페달을 밟는 일도 즐겁지가 않았다. 달려도 달려도 거리가 줄지 않는 것만 같았다. 오늘은 날씨도 날 도와줄 마음이 없는지 맞바람까지 불어댔다. 엎친 데 덮친 격이라고, 카메라로 찍어둔 생캉텡까지의 루트가 자세하지 않아서 길을 두 번이나 잘못 들고 몇 킬로미터씩 달린 거리를 되돌아와야 하는 상황까지 발생했다. 럭키가이인 내게 대체 왜 이런 시련이 찾아온 건지, 하늘이 원망스러웠다. 그런 내 맘을 비웃기라도 하듯이 맑았던 하늘이 갑자기 먹구름을 불러들이며 회색빛으로 변했다. 뭐야? 비까지 내릴 테냐? 하고 못마땅한 눈으로 하늘을 쳐다보았다. 그런 내 눈빛이 맘에 안 들었는지, 하늘이 보란 듯이 비를 떨구기 시작했다. 도로 양 옆으로 광활하게 펼쳐진 초원뿐이라 비를 피할 곳도 없다.

다행히 하늘도 양심은 있었는지 비가 30여 분 만에 그쳤다. 생캉텡으로 향하는 길 위에서 몇 번 공중전화를 만나기는 했다. 그런데 모두 카드식 공중전화였고 주위의 어느 가게에서도 전화카드를 구할 수가 없었다. 그럴 거면 대체 공중전화는 왜 설치해놓은 건지 의문이다.

들리는 가게마다 '돈을 지불할 테니 휴대전화를 좀 사용할 수 없냐'고 물어보았는데, 영어가 안 통했다. 혹은 나를 신용할 수 없는 것인지, 어느 누구도 응해주지 않았다.

평소대로라면 6~7시간 정도 달려서 도착할 수 있는 거리인데 각종 악재들의 방해 덕분에 3~4시간이나 더 달려서 겨우 생캉텡에 도착했다. 지도가 어설픈 덕분에 노트에 적힌 주소지의 위치를 파악하기가 어려웠다. 도로명을 일일이 확인하며 찾아가는 수밖에 없었다.

낯선 골목골목을 자전거를 끌고 이리저리 헤매다가 앨리스의 집 앞에 도착했다. 번지수를 다시 한 번 확인해보니 노트에 적어둔 주소와 일치했다. 반가운 마음에 벨을 눌렀는데 아무런 반응이 없다. 집에 없나 보다. 하긴 몇 시에 도착할 거라고 연락조차 안 했으니 집에 없어도 이상할 건 없다. 그레고리네 집으로 찾아가야 하나?

그때 고등학생으로 보이는 여학생 둘이서 휴대전화를 만지작거리면서 이야기를 나누고 있는 게 눈에 들어왔다. 조심히 다가가 영어 할 줄 아냐고 물었더니 조금 할 줄 안다고 수줍게 대답한다. 들고 있던 노트에 적힌 전화번호를 보여주며, 손짓 발짓까지 동원해서 이 번호로 전화 한 통만 하게 해달라고 부탁했더니 내게 휴대전화를 넘겨주었다. 덕분에 잠시 후 앨리스와 만날 수 있었다.

마지막으로 메시지를 주고받은 뒤에 정확하게 언제 오겠다는 연락이 없어서 나라는 존재가 찾아올 거라는 사실 자체를 완전히 망각하고 있다고 한다. 오늘 있었던 일의 자초지종을 그녀에게 설명하자, 전화기부터 건네주며 연락해서 확인을 해보라고 했다. 내 사정이야 어떻든, 일종의 불청객일 수 있는 나를 그녀가 먼저 챙겨준 것이다. 전화를 받은 라티샤로부터 내 전화기가 그녀의 집 소파 위에 있다는 사실을 확인할 수 있었다.

이제는 전화기가 필요하긴 한데 이를 어찌해야 하나가 고민이 되었다. 전화기를 찾으러 돌아가자니 이틀이라는 시간을 소모해야 하고, 그냥 가자니 앞으로 열흘간의 카우치서핑이 오늘처럼 순탄치 못할 거라는 불안감이 자라났다.

그러자 앨리스가 기차로 다녀오라고 조언했다. 예상치 못한 비용이 발생하긴 하지만, 앞으로 보낼 열흘간의 생활을 생각해보면 고민할 필요가 없었다. 바로 라티샤에게 내일 전화기를 찾으러 기차를 타고 올라갈 건데 근무 일정이 어떻게 되냐고 물었다. 다행히 내일은 오후에 출근이라며 오후 3시까지 시간이 빈다고 했다. 일단 기차표를 알아보고 다시 연락을 주겠다고 하고는 전화를 끊었다.

프랑스에서 기차를 타본 적이 없는 나를 위해 앨리스가 인터넷으로 표 시간과 가격 등을 확인해주었다. 그때 라티샤로부터 다시 전화가 왔다. 라티샤 역시 전화를 끊은 뒤에 기차 시간표를 확인하고 만나기 편한 역과 시간을 정해 내게 알려주려 했던 것이다. 그러더니 오는 표만 끊고 절대로 돌아가는 표는 끊지 말라고 말했다. 왜냐고 물었는데 설명이 어렵다면서 일단 시키는 대로 하라고 했다. 앨리스에게 물어보자, 평일이라 이용자도 많지 않을 테니 그 자리에서 끊으라고 대답한다. 하긴 미리 끊었다가 그 시간내에 만나지 못하면 표를 한 장 날리게 되는 셈이다. 평소에는 잘 돌아가던 머리가 당황해서 그런지 바보가 되었는데, 다행히도 두 명의 프랑스 아가씨들 덕분에 일이 일사천리로 진행되었다.

앨리스에게 하루만 더 신세를 져도 괜찮겠냐고 조심스럽게 물었더니, 전혀 문제가 되지 않는다며 흔쾌히 허락했다. 그러더니 배고프지 않냐며 저녁을 만들어주겠단다. 내 몸은 그제야 허기를 느끼기 시작했다. 술도 좋아하냐고 물어본다. 내 절친 중에 빠져서는 안 되는 친구라고 대답하자 그녀가 방긋 웃었다. 앨리스는 그동안 만났던 카우치서핑 친구들처럼 따뜻하고 열린 마음으로 날 편안하게 만들어주었다. 문득 비도 맞은 데다 몸이 땀에 절어 있다는 생각이 들었다. 앨리스가 요리를 준비하는 동안 나는 샤워를 하기로 했다.

목덜미를 타고 내려오는 따뜻한 물줄기에 몸도 마음도 나른해진다. 그때 번뜩 그레고리가 떠올랐다. 아차! 그 친구에게 연락하는 것을 잊었던 것이다. 샤워를 마치고 나와 그레고리에게 연락을 했다. 자초지종을 대충 설명해주며 다른 호스트의 집에 왔다며 미안하다고 했다. 그레고리는 충분히 이해할 수 있다며 별일 아니라는 듯이 생캉텡에서 즐거운 시간을 보내다 다음에 기회가 되면 그때 보자며 나의 미안한 마음을 위로해주었다.

저녁을 먹으면서 앨리스는 편안하게 인터뷰를 진행했다. 인터뷰라기보다는 그냥 언제나 하던 대화 같았다. 왜 자전거로 여행하는지? 어떤 목표로 여행을 하는지? 왜 이 여행을 시작하게 되었는지? 카우치서핑은 어떻게 시작했는지? 카우치서핑은 내게 어떤 것인지? 그녀는 호기심 가득한 눈으로 내게 물었다. 그동안 수많은 카우치서퍼들과 나눴던 이야기들 덕분인지, 나는 그녀가 어색한 기분 따위는 느끼지도 못하게 분주하게 입술을 여닫으며 내 이야기들을 즐겁게 쏟아냈다.

아침에 일어났더니, 앨리스는 이미 빵집에서 빵과 우유를 사와 내 아침 식사를 준비하는 중이었다. 출근이 이르지 않은 일을 하기 때문에 평소대로라면 늦잠을 잤을 텐데, 나를 기차역까지 데려다주고 표까지 끊어주려고 일찍 일어난 것이다. 혹시 의사소통이 영어로 안 되지 않을까 걱정도 되고, 역까지 나 혼자 보내는 것보다는 함께 가는 편이 안심되기 때문이라며 부담 갖지 말라고 한다. 앨리스 덕분에 라티샤와 만날 기차에 아무런 불편함도 없이 오를 수가 있었다.

무척 오랜만에 타보는 기차였다. 유명한 초고속열차 TGV는 아니었지만 그래도 프랑스에서 기차를 타는 것이 처음이라는 생각에 마음이 즐거웠다. 라티샤가 기다리는 두에 역을 향하는 기차 밖으로 어제 지나온 길들의 풍경이 스쳐간다. 풍경을 바라보며 즐기면서도 약간 긴장했다. 내려야 할 역을 지나쳐서는 안 되기 때문이다. 전화기도 없는데 또다시 어처구니없는 실수를 저지르면 큰일난다. 열차가 설 때마다 차창 밖으로 보이는 역 표지판을 도착시간과 함께 확인하다 보니 어느새 두에 역에 도착했다.

기차에서 내려 대합실을 향해 발걸음을 옮기려는데 누군가가 다가와 내 어깨를 두드린다. 돌아보니 라티샤였다. 대합실도 아니고 기차역 플랫폼까지 들어와서 날 기다리고 있었던 것이다. 반갑게 프랑스식으로 껴안자 그녀가 주머니에서 내 휴대전화를 꺼냈다. 연신 고맙다고 인사했다.

우리는 일단 역 밖으로 나왔다. 바쁘면 먼저 가도 된다고 이야기했지만, 세 시까지 출근이라 시간이 빈단다. 그러면서 두에 투어나 하지 않겠냐고 물어온다. 안 그래도 되돌아가는 열차가 2~3시간 간격으로 있어서 두에라는 도시를 산책하며 둘러보려고 했는데 마침 잘되었다. 고마운 마음에 그녀에게 점심이라도 사주고 싶었는데, 라티샤가 조금 전에 먹고 나왔다며 사양했다. 나를 차에 태운 라티샤는 자신이 일하는 병원으로 데려가 일터를 보여주었다. 그후 차는 그곳에 두고 시내 중심가를 걸어서 둘러보았다.

열두 시간, 그중에 잠든 대여섯 시간을 제외하면 겨우 여섯 시간 정도밖에 함께 있지 못해 못내 아쉬웠던 마음을 달랠 수 있는 세 시간이 주어진 것이다. 우리는 어제보다도 더 많은 이야기를 나누었다. 지난번에는 내 이야기 위주로 대화가 진행되었는데 이번에는 내가 그녀의 이야기에 더 많이 귀 기울였다. 서로 듣고 말하고 이해하려고 노력하려는 우리에게 언어는 더 이상 장벽이 아니었다. 병원 생활의 고충과 그녀의 지난 연애 경험까지, 좀 더 사사로운 이야기들을 하면서 우리는 지난날보다 더 가까워졌다. 하지만 시간의 제약은 여전히 존재했고 세 시간은 쏜살같이 흘러갔다.

열차 시간에 맞춰 나를 다시 역으로 데려다준 라티샤는 함께 대합실로 들어왔다. 먼저 돌아가도 괜찮다고 했는데, 그녀는 나를 열차에 태워주고 난 뒤에 가겠다고 했다. 자기 아버지가 프랑스 철도청에 근무하고 있어서 가족들이 모두 무료로 기차를 이용할 수 있는 패스가 있단다. 그 패스를 열차 안의 검표원에게 보여주면 나도 무료로 기차를 탈 수 있다는 것이었다. 그래서 나에게 돌아가는 티켓을 끊지 말라고 했구나.

무료로 탈 수 있다니 반갑기는 했지만, 괜히 나 때문에 편법을 쓰는 것 같다는 생각에 그냥 표를 끊고 가겠다고 했다. 그러나 라티샤가 절대 안 된다며 기다려보라고 했다. 열차 후미에 있던 검표원을 발견한 라티샤는 나를 데리고 가더니 자신의 패스를 보여주며 생캉텡까지 데려다 달라고 이야기했다. 검표원은 당연하다는 듯이 나를 열차 안으로 들여보냈다. 또 한 번 그녀에게 신세를 졌다. 국경없는의사회의 일원이 되어 의료지원이 필요한 곳에서 일하고 싶다는 라티샤에겐 그 꿈을 꿀 자격이 충분했다.

휴대전화를 두고 온 건 아마도 이런 일들을 경험하기 위해서였나 보다. 오 년 가까이 길 위에서 살았음에도 불구하고 나는 여전히 이렇게 허점투성이다. 그리고 난 이런 내 모습이 참 좋다. 보통 사람들보다 긴 시간을 여행했기에 자칫 기고만장해질 수 있는 나를 보통 사람으로 만드는 어설픈 면모가 좋다. 완벽한 사람이 세상에 있을까 모르겠지만, 나는 절대로 완벽한 사람이 되고 싶지 않다. 완벽해진다면 누구의 도움도 필요가 없어질 테고, 그러면 외로워질 것이기 때문이다. 그러고 보면 카우치서핑으로 여행하면서 점점 더 외로움에서 멀어져가고 있다. 만남 후에는 언제나 당연히 이별이 찾아오지만, 카우치서핑은 이별과 동시에 새로운 만남에 대한 설레임을 가져다준다. 설레임은 날 호기심으로 가득 채우고 호기심은 내가 지금 살아 있음을 감사하게 만들어준다.

기차를 타고 생캉텡으로 돌아가는 길, 앨리스에게 고마움의 표시로 불고기를 만들어줄 생각에 내 마음이 기쁨으로 넘치고 있었다. 라티샤에게도 마음속으로 말했다. 다음에 다시 만나게 되면 너에게도 꼭 불고기를 만들어줄게.

아미나, Lucky Happy Paris

"섭! 섭!"

문을 열고 들어온 아미나가 큰 소리로 내 이름을 부르더니 두 팔을 벌려 나를 와락 끌어안았다. 무슨 영문인지 알 수가 없었지만, 뭔가 기쁜 일이 있는 것 같기에 두 팔로 그녀를 함께 안아주었다. 잠시 나를 안은 채 방방 뛰던 아미나는 포옹을 풀고는 말했다.

"섭! 너 진짜 럭키가이였구나! 완전 고마워!"

행복한 얼굴로 내 앞에서 웃고 있는 그녀의 손에는 뜯어진 편지 봉투와 서류가 들려 있었다. 원하던 회사로부터 입사 승인 통보가 왔다는 것이었다. 내가 럭키가이라는 것을 완벽하게 믿겠다며, 원하면 평생 이 집에 머물러도 좋다고 그녀가 말했다.

모로코의 카사블랑카에서 태어나고 자란 뒤 프랑스로 날아온 아미나는 낭만의 도시 파리(Paris)에서 나를 호스팅해주었다. 처음 그녀에게 내 소개를 할 때, 나 스스로를 럭키가이라고 소개하면서 그녀의 손바닥과 내 손바닥을 맞대고는 행운의 기운을 나눠주겠다고 했었다. 다른 사람들은 어떻게 생각할지 모르지만, 나는 내가 가진 행운을 나누면 나눌수록 더 큰 행운이 되돌아온다고 믿는다. 가능하다면 나의 긍정적인 행복 에너지가 맞닿은 손을 따라 그녀에게 전해지길 바랐다.

당시 그녀는 내가 그저 재미있는 친구라고 생각했다. 그랬던 그녀가, 지금은 나를 정말 럭키가이라고 믿고 있다. 그때 내 행운을 받아서 좋은 일이 생겼다며 너무 행복해했다. 사실 원래대로라면 2~3주 뒤에 합격 통보를 받게 된다. 그래서 그 기간 동안 혹시나 불합격할 것을 대비해 다른 면접을 준비해야 하는데, 빠르게 도착한 합격 통보에 너무나도 행복했던 것이다. 내가 그때 행운을 나누어줬기 때문에 생긴 일이라고 보기엔 무리가 있었지만, 그래도 사람 마음이란 게 그렇지가 않다. 나도 왠지 기분이 좋았고, 그녀 내면에 있는 내 이미지는 더욱 괜찮게 그려졌던 것이다.

낭만의 도시 파리에 사는 아미나의 집은 에펠탑에서 도보로 15분 거리였다. 루브르 박물관과 에펠탑만 신경 쓰던 나에게는 최적의 위치이기도 했다. 그러고 보니 그동안 내가 만난 호스트들의 집도 마치 준비된 것처럼 내게 최적화되어 있었다. 역시 나는 운이 좋은가 보다.

그녀에게 내 일정을 전부 맞추는 건 무리였다. 가능하다면 그녀의 집에 자유롭게 출입이 가능하도록 보조키를 하나 받고 싶었다. 혹시 보조키가 있냐고 물어보자 그녀가 열쇠를 건네주었다. 열쇠를 받고서는 그녀에게 슬쩍 물어보았다.

"아미나, 너 없는 사이에 내가 물건이라도 훔쳐서 달아나버리면 어쩌려고 열쇠를 주는 거야?"

그야 그녀가 나를 신뢰하기 때문에 열쇠를 준다는 걸 잘 알고 있다. 하지만 그 말을 그녀 입으로 듣고 싶기도 했고, 그녀가 이 질문에 어떻게 대처할 건지 궁금해서 굳이 물어보았다.

"뭐, 네가 그럴 사람 같지는 않아서. 우리 집에는 딱히 훔쳐갈 만한 물건도 없고. 속이야 상하겠지만, 나보다는 훔친 사람이 잃는 게 더 많은데 왜 내가 걱정을 하겠어? 오히려 훔쳐간 사람이 더 걱정되는걸?"

아. 한 대 얻어맞은 느낌이었다. 훔친 사람이 잃는 게 더 많다니, 너무나도 맞는 말이다. 인간은 육체와 영혼이 결합된 존재라고들 한다. 이 말을 전적으로 수긍하기에는 어렵지만 일단 그렇다 치고, 우리는 알몸을 보인다는 것이 부끄러운 일이라고 생각한다. 감출 부위는 최대한 감추면서 살아간다. 우리는 몸을 옷으로 덮고서 육체의 모든 것을 있는 그대로 드러내놓지 않은 채 살고 있다. 옷과 육체라는 개념을 육체와 영혼이라는 개념에 대입하면, 우리는 영혼을 육체로 감추고 살아가고 있다. 다 감춰지지 않은 영혼은 육체를 통해 드러나기도 한다. 말을 통해 영혼의 생각을 전달하고, 영혼의 마음가짐은 행동으로 드러나고, 그러한 행동은 육체에 흔적을 남긴다. 사후세계가 있는지 어떤지는 모르겠지만,

만약 인간이 죽고 나서 육체가 사라지고 영혼만이 남는다면 그 영혼과 영혼은 서로를 적나라하게 인지하게 될 것이다. 육체를 가지고 있는 동안 남은 흔적들이 온전하게 드러나게 될 수도 있다. 그러자 두려워졌다. 남들이 모르는 내 안의 악한 모습이 명명백백히 들어난다는 사실이 무서워졌다. 그게 지옥이 아닐까? 만약 내가 악한 행위를 많이 하고 살았다면 내 스스로가 나를 지옥에 내던지는 게 되는 게 아닐까. 좀 지나친 상상을 펼쳐보긴 했지만 일상생활에서도 마찬가지가 아닐까? 스스로 저지른 나쁜 행위로 인해 가장 먼저 불편해지는 건 사실 자신이지 않나. 최소한 나 자신은 그러했다. 거짓말을 하면 내가 먼저 불안했고, 누군가의 마음을 아프게 하면 내가 그 사람을 잃게 된다. 착하게 살면 남들에게 이용당하니까 억울하다고 생각할 게 아니었다. 훔쳐간 사람이 더 걱정된다는 그녀의 말을 들으며, 내 손바닥에 올려진 그녀의 집 키를 바라보며, 말로만 쉽게 내뱉고 살지 않았나 반성했다. 오랫동안 여행하면서 전보다 인격적으로 성숙했다고 자만하지 않았나 하는 부끄러움이 솟아올랐다. 나는 여전히 이해는 하지 못한 채 알고만 있었던 것이다.

이런저런 이야기가 오가던 중, 머리는 계속 기를 거냐고 사라가 내게 물어왔다. 안 그래도 고민하고 있었다. 관리가 되지 않은 채로 어깨에 닿을 만큼 자란 머리는 꽤 지저분했기 때문이다. 오 년 만에 귀국하는데, 길 위에서의 삶을 드러낼 건지 아니면 예전의 모습으로 갈지 고민 중이었다. 어쨌거나 귀국을 하고 난 뒤에는 반드시 정리할 생각이었다. 그러자 사라가 혹시 가기 전에 자르고 싶으면 자기가 잘라줄 수도 있다고 했다. 전문 헤어드레서는 아니지만 집에서 종종 동생의 머리를 잘라주곤 했다는 것이다. 순간 재밌겠다는 생각이 들었다. 결국 사라는 나의 개인 헤어드레서가 되어주기로 했다.

다음 날 저녁, 모로코 음식을 만들어준 아미나와 내 헤어드레서가 되어주기로 한 사라에게 보답하는 뜻에서 한국음식을 만들었다. 다행히 파리에는 한국마트가 있었다. 늘 불고기 하나만 내놓던 내가 드디어 찌개도 함께 내놓을 수 있게 된 것이다. 주 메뉴는 된장찌개와 불고기다. 된장찌개를 위해 된장과 두부, 마른멸치, 감자, 양파, 그리고 고기와 양념할 재료들을 샀다. 그리고 포장김치도 하나 구입했다. 밑반찬이 모자라지만 그래도 이 정도면 근사한 저녁이 될 수 있겠다 싶었다. 요리에 관심이 많은 아미나는 어떻게 만드는지 방법을 알려달라고 했다. 어차피 재료도 한 번에 다 먹기엔 양이 많다. 틈나는 대로 연습해서 내년에 다시 놀러오면 그땐 네가 날 위한 한국음식을 만들어 달라고 했다. 그녀는 자신감 가득한 두 눈으로 알겠다며 꼭 놀러오라고 했다.

요리 준비가 거의 다 되어갈 무렵 사라가 도착했다. 혹시나 늦으면 어쩌나 걱정했는데 타이밍이 딱 좋았다. 두 아가씨는 내가 만들어준 음식을 맛있게 먹었다. 특히 불고기보다 된장찌개를 더 좋아했다. 일본 식당에서 먹던 일본식 된장국보다 더 맛있단다. 히히. 또 기분이 좋다.

식사를 마치자 사라가 오른손에 든 가위를 사각거리면서 준비되었냐고 묻는다. 드디어 변신을 할 시간이 된 것이다. 그러고 보니 어떻게 잘라달라고 할지 정해놓지 않았다. 어떻게 할까 고민하다가, 보통 남자들의 짧은 머리를 해달라고 했다. 혹시라도 맘에 들지 않을 경우 삭발은 하기 싫었기에 어느 정도 커버가 가능할 여지는 남겨두고 싶었던 것이다. 그러자 사라가 짧은 스타일의 남자머리는 잘라본 적이 없다고 했다. 집에 있는 여동생 머리만 잘라봤기 때문이란다. 앗, 그리고 보니 어제 동생이 남자인지 여자인지 확인하지 않았다. 머뭇거리는 날 보며 사라가 살짝 머쓱해했다.

"음… 그럼 그냥 니가 자르고 싶은 대로 잘라."

헤어스타일이 내 삶에 중요한 문제도 아니고, 가끔 미용실에 가서도 "그냥 알아서 잘라주세요"라고 쉽게 말하기도 한다. 맘대로 누군가의 머리를 잘라볼 기회를 가져보는 것도 인생에 작은 재미가 될 수 있겠다고 생각했기 때문이다.

"뭐? 그냥 내 맘대로? 그래도 괜찮겠어?"

"물론이지. 당신을 믿어요, 나의 헤어드레서 님."

"서~업! 완전 고마워. 나 한 번도 맘대로 잘라본 적이 없어서 해보고 싶었는데."

기뻐하는 사라를 보니 내 마음도 즐겁다.

사라는 내 머리에 자신의 예술적 감성을 불어넣기 시작했다. 20여 분 정도의 시간이 흐르자, 다 되었다며 손거울을 보여주었다. 거울 속의 나는 다른 사람이 되어 있었다. 여행자의 모습은 온데간데없고 (한국에서 날 본 친구의 표현을 빌자면) 귀여운 독립운동가의 모습으로 변해 있었다. 뒤쪽에는 포인트로 꼬리도 남겨주었다. 뒤에서 보면 심지 달린 폭탄처럼 보이기도 했다.

"맘에 들어? 어떻게 해줄까? 꼬리는 맘에 안 들면 잘라도 되고."

사라는 숙제를 검사받는 아이처럼 조바심을 냈다.

"오~ 완전 맘에 드는데! 완벽해. 왠지 사랑스러운 스타일이야! 고마
워."

조바심 내던 사라의 얼굴은 어느새 환한 미소로 가득 차 있었다. 집
안 정리를 하고 있던 아미나를 부르더니 봐달라고 한다. 훨씬 매력 있어
졌다는 그녀의 평가에, 사라는 충분히 만족했는지 가위를 내려놓았다.

하루하루 카우치서핑 경험이 늘어갈수록, 사람들과의 만남의 횟수가
늘어갈수록, 다른 사람들을 즐겁게 해주는 다양한 방법을 배워간다. 사
람들에게 즐거움을 주는 데에는 거창한 준비가 필요 없었다. 그리고 다
른 사람을 즐겁게 해주면 내가 더 즐겁고 행복해진다는 사실을 온몸으
로 확인할 수 있었다.

크리스텔 그리고 리베르따스

날씨가 너무 좋아 신나게 페달을 밟았더니 약속보다 한 시간이나 일찍 크리스텔의 집 근처에 도착했다. 노트에 적어둔 주소지를 찾아보려고 했는데, 아무리 둘러봐도 그녀의 집 번지수가 적힌 우편함이나 건물이 보이지 않았다.

에어프랑스에서 근무 중인 크리스텔은 공항에서 그리 멀지 않은 곳에 살고 있었다. 샤를 드골 공항에서 비행기를 타고 귀국하기로 한 나는 수송을 위해 미리 자전거를 포장해두어야 했다. 파리에서 포장하면 공항까지 택시비가 만만치 않게 나올 것 같았고, 행여나 택시에 싣지 못하면 자전거를 타고 공항까지 가야 했다. 귀국만큼은 좀 편하게 하고 싶은 마음에 공항 근처에 사는 호스트를 찾아보던 나는 크리스텔의 프로필을 발견했다. 더욱 기쁜 소식은 그녀가 공항까지 차로 내 짐들을 날라주겠다고 말한 것이다.

크리스텔의 집이라고 추정되는 건물 앞에 자전거를 세워두고, 4월 프랑스의 화창한 날씨를 만끽하고 있는데 등 뒤로 빵빵거리는 자동차 클랙슨 소리가 들린다. 뒤를 돌아보니 40대 정도로 추정되는 프랑스 아주머니가 날 바라보며 손짓하고 있었다.

저 사람이 크리스텔인가? 프로필에서 본 그녀는 이보다 더 젊어 보였는데… 이게 어찌된 거지? 설마 사진발이었던 건가? 그녀의 외모가 중요한 건 아니지만 왠지 속은 것 같은 기분이다. 조심스레 다가섰더니 "한국에서 온 섭이니?"하고 물어온다. 어? 그녀도 내 얼굴을 모르는 건가? 하고 생각하며 그렇다고 대답했다. 그러자 저 뒤에서 크리스텔이 오고 있다며 잠깐만 기다리라고 말했다. 아, 크리스텔이 아니었구나. 그때 단정한 승무원 차림의 금발 아가씨가 나를 바라보며 이쪽으로 오라고 손짓했다. 내 여행길에서 마지막 호스트가 될 크리스텔이었다.

이들 역시 내 자전거에 실린 짐들을 보며 놀라움을 금치 못했다. "이걸 다 가지고 5년 가까이 여행했단 말이야?"하고 묻기에, 원래 더 많았는데 많이 줄인 거라고 대답하자 믿을 수 없다는 듯이 "울랄라"라고 했다. 짐을 풀고 그녀의 집에 들어서자, 크리스텔이 잠깐만 문밖에 나갔다가 다시 들어와 달라고 한다. 영문은 모르겠지만 뭔가 이유가 있을 거라 생각하며 잠시 밖에 나갔다가 들어왔다. 그러자 크리스텔이 한글로 적힌 A4 용지를 들고 나를 다시 반겨주었다.

'우리 집에 온 걸 정말 환영해, 광섭! 5년 동안의 자전거 세계일주도 축하하고! 집으로 잘 돌아가길 바랄게. 만나서 정말 반가워.'

내가 깜짝 놀라자, 그녀는 '서프라이즈 환영인사를 해주려고 했는데 약속시간보다 빨리 오는 바람에 다 망했다'며 귀엽게 나를 원망했다. 현관문을 열고 들어오면 바로 이 글귀가 보이게 붙여두고, 방도 깔끔하게 정리하고서 날 맞이하고 싶었단다. 그나저나 어떻게 한글로 이런 걸 준비했는지 너무나도 궁금해 물어보니, 공항에서 같이 근무하는 한국인 친구가 도와줬다고 했다. 지금까지 모든 호스트들이 날 환대해주었지만, 크리스텔의 인사는 단연 최고의 감동이었다. 내 마지막 카우치서핑이 유종의 미를 거두는 경험이 될 것 같은 기분이 가슴 가득 번졌다.

하루밖에 머물지 못하지만, 크리스텔은 내 여행의 마지막 날을 축하하기 위해 친구들과 함께 특별한 저녁 식사를 준비했다. 아까 크리스텔로 착각했던 프랑수아즈가 그녀의 10살배기 아들 알렉과 함께 왔고, 도미니크라는 친구가 엠마라는 고등학생 딸과 함께 찾아왔다. 그들은 내 이름을 부르며, 프랑스에, 그리고 크리스텔의 집에 온 걸 환영한다고 말했다. 저녁 식사를 시작하기 전에 가볍게 와인으로 입맛을 돋우는 건 프랑스인들의 필수 코스라며 진열장을 열어 보인다. 그 안의 여러 와인들 중 무엇을 맛볼지 고르라고 했다. 술이면 뭐든 상관없는 나는 그냥 알아서 달라고 대답했다.

프랑수아즈는 내가 온다고 크리스텔이 얼마나 신나했는지 설명할 수 없다는 말로 그녀의 공을 슬쩍 치하했다. 그녀의 아들 알렉은 영어 실력이 부족한 탓에 선뜻 말을 건네지 못하는 채로 살짝 수줍어하고 있었다. 도미니크라는 친구는 시종일관 농담을 던져대며 우리들을 웃겼다. 반대로 그의 딸 엠마는 사춘기 소녀답게 어딘가 스스로 소외되어 있는 느낌이었다.

와인 잔이 슬슬 비어갈 즈음, 이제 본격적으로 저녁 식사를 하자며 모두 분주히 움직였다. 거실에 있던 4인용 식탁이 갑자기 트랜스포머처럼 변신을 하더니 8인용 식탁으로 변했다. 접시와 각종 음식들이 주방에서부터 테이블로 날아왔다. 테이블 한가운데 놓인 불판 비슷하게 생긴 물건이 눈에 확 들어왔다. 붕어빵을 찍는 것과 비슷한 구조의 네모난 틀이 사각형 모양으로 파여 있었고, 대리석으로 만든 것 같은 돌판이 놓여 있었다. 그리고 그 옆에 네모난 모양의 작은 팬들이 있다. 라클렛(Raclette)이라는 요리를 만드는 도구란다. 네모난 팬에 치즈를 넣고 구워서 햄이나 감자를 곁들여 먹는 음식이었다. 도미니크가 특별히 맛좋은 햄들을 공수해왔다며 많이 먹으라고 했다. 또 새로운 음식 리스트가 내 기억 속에 행복한 추억과 함께 기록되었다.

여행을 하면서 여자들을 많이 만났냐고 도미니크가 물어보았다. 당연히 많이 만났다고 했더니, 그중에 사랑을 나눈 여자는 몇이냐 되냔다. 사랑을 나누기 위해 그녀들을 만난 게 아니라고 하자, 남자는 그러면 안 된다고 했다. 남자는 여자를 사랑해줘야 한다는 거다. 농담인 게 뻔히 보이기에, 그럼 엠마를 사랑해줘야겠다고 되받아쳤다. 그러자 엠마는 여자가 아니라 자기 딸이라서 안 된단다. 한국 남자나 프랑스 남자나 딸 가진 아버지 마음은 똑같나 보다.

맛있는 라클렛으로 배를 채우고 난 뒤 술과 이야기로 마음을 채워나가기 시작할 무렵, 프랑수와즈가 아들 알렉에게 준비한 걸 보여주라고 옆구리를 콕콕 찌르기 시작했다. 쭈뼛쭈뼛 부끄러워하는 알렉에게 크리스텔이 "너 잘하잖아!"하고 응원의 메시지를 날려준다. 볼이 살짝 발그레해진 알렉은 거실로 걸어나가 우릴 마주 보며 섰다. 잠시 머리 속으로 무언가를 생각하더니, 이내 구연동화를 하기 시작했다. 프랑스어로 진행되어 무슨 이야기인지 제대로 알 순 없었다. 하지만 또랑또랑하게 들려오는 목소리, 다채롭게 움직이는 손동작, 그리고 그때그때 바뀌는 귀여운 표정까지. 나를 위해 구연동화를 열심히 연기하고 있는 알렉의 모습에 흐뭇한 미소가 절로 나왔다. 구연동화를 마친 알렉에게 나는 박수소리로 고마운 마음을 전했다. 알렉이 구연동화를 마치고 나자 도미니크가 팔을 내밀어달라고 하더니 천주교의 묵주 하나를 꺼냈다. 종교적 성향이 어떤지는 모르지만, 이 묵주가 너의 삶에 많은 감사와 은혜와 행복을 가져다주길 바란다면서 괜찮다면 팔에 채워주고 싶다고 했다. 특별한 종교적 신념이 없는 나는 흔쾌히 내 팔을 도미니크에게 내밀었다.

공항에 가까운 호스트를 찾다가 만나게 된 크리스텔. 겨우 하루 신세지고 떠나게 될 나였는데, 친구들까지 합세해서 나를 위한 저녁 이벤트를 준비해주다니. 이들의 마음이 너무나도 고맙고 고마웠다. 공항에 가깝다는 이유가 전부는 아니었지만 그래도 결코 무시할 수 없는 문제였는데, 그런 생각으로 이곳에 온 내가 부끄러웠다.

너무나도 즐겁고 따뜻한 저녁 식사 이벤트를 만들어줘서 고맙다고 그들에게 말했더니, 오히려 네 이야기를 나눠주고 이런 시간을 보낼 수 있게 해줘서 고맙다며 내게 되돌려준다. 내 여행의 마지막 날을 이곳에서 보내기로 결정하길 정말 잘했다고, 참 다행이라고 생각했다.

이 날의 추억을 간직하기 위해 카메라를 꺼내 트라이포드에 장착하고 단체사진을 찍었다. 크리스텔이 셀프카메라를 위한 무선리모컨에 관심을 보였다. 자신도 나와 같은 종류의 카메라를 가지고 있다며, 이걸 어디서 구입했냐고 물어본다. 자기도 여행 다닐 때 카메라를 가지고 다니는데 이게 있으면 참 편할 거 같단다. 나는 그녀에게 내 무선리모컨을 건네주었다. 그녀는 거절했지만, "파리보다는 한국에서 사는 게 더 싸고, 이제 한국에서 쉽게 구할 수 있을 테니깐 그냥 편하게 가지라"고 했다. 내 호스트인 너에게 주는 선물이라는 말과 함께. 그녀는 고맙다며 내 선물을 받았다. 나는 원래 내 물건을 남에게 잘 주는 편이 아니었는데, 어느새 내 것을 쉽게 내어줄 수 있는 사람으로 변해 있었다.

다음 날, 그녀의 차로 공항에 도착했다. 공항까지만 데려다줘도 괜찮은데 크리스텔은 공항에서 일하는 자신이 도움이 될 수도 있다며 티켓팅을 할 때까지 기다려주겠다고 했다. 티켓팅을 위한 데스크로 짐을 가지고 가니 이미 많은 사람들이 줄을 서서 기다리고 있었다. 그런데 기상문제로 인해 비행기가 연착된다는 소식이 들려왔다. 그래서 티켓팅 시간도 함께 지연된 모양이었다. 아무래도 너무 오래 걸릴 것 같기에, 크리스텔에게 이만 돌아가도 좋다고 했다. 정말 그래도 괜찮겠냐고 몇 번이나 되묻던 그녀는 내 확고한 의지를 확인하고는 작별인사를 했다. 포옹으로 마음을 나누고, 나의 마지막 호스트 크리스텔과 헤어졌다.

고국으로 돌아가는 비행기를 타기 위해 기다리는 수많은 한국 사람들

속에 있자니 그제야 내가 집으로 돌아간다는 실감이 나기 시작했다. 한국에서는 어떤 일들이 또 나를 기다리고 있을까? 달콤쌉쌀한 마음으로 지난 시간들을 되돌아보자니, 어느새 사람들이 모두 사라지고 내 차례가 되었다. 짐이 많았기 때문에 다른 사람들이 불편하지 않도록 가장 마지막에 티켓팅을 했던 것이다.

데스크로 다가가 수화물 무게를 체크했다. 자전거 가방이 20kg 조금 넘었고 그 외 다른 짐들을 넣은 가방 역시 20kg 조금 넘었다. 수화물이 20kg를 초과하므로 추가금액을 지불해야 한단다. 그럴 줄 알았다. 추가 요금을 지불하고 스포츠 용품을 싣기로 했다고 했더니, 안타깝게도 자전거는 스포츠용품으로 취급하지 않는다고 했다. 추가 비용을 최소화하기 위해 저렴한 외국 항공 대신 직항으로 날아가는 국내 항공사인 아시아나를 이용하기로 한 것인데, 마른하늘에 날벼락 같은 소리였다. 아시아나 항공 웹사이트가 아니라 외국 여행사를 통해 구입한 티켓이라서 자전거가 스포츠용품이 아니라는 것을 몰랐던 것이다.

추가 비용이 얼마나 되냐고 물었더니 400유로(약 60만 원)라고 했다. 지불할 능력이 되지 않는지라 난감하기 짝이 없었다. 어떻게든 이 상황을 해결하기 위해 '오 년간 자전거로 여행하다 이제 겨우 귀국하는 거다, 어떻게 방법이 없겠냐'고 물었다. 아시아나 직원은 400유로도 많이 봐준 거라면서 한국말로 냉정하게 거절했다. 국제택배회사를 통해서 보낼 수도 있는데, 아마 100유로 정도는 더 저렴할 것이라고 했다.

난감했다. 돈을 지불하지 않으면 둘 중 하나는 실을 수 없다니. 각종 짐이 들은 가방을 안 가져갈 수는 없고, 굳이 하나를 빼야 한다면 자전거를 빼야 한다. 하지만 그럴 수가 없었다. 나와 함께 동고동락한 리베르따스를 버리고 가야 한다는 건 있을 수 없는 일이었다. 400유로와는 비교할 수 없을 정도로 내게 가치가 있는 리베르따스였지만 현실은 현실이다. 하나는 포기해야 했다.

그녀는 30분 뒤에 데스크를 닫아야 한다면서 결정을 서두르라고 재촉했다. 어느 것도 버릴 수가 없다. 지난날의 기억들이 생생하게 담긴 소중한 물건들이다. 이 공항에 그냥 덜컥 내버려두고 가야 한다니⋯⋯. 있을 수 없는 일이고 할 수 없는 일이었다. 시간은 이런 내 맘도 모르고 째깍째깍 잘도 흘러가고 있었다.

이런 나를 구해줄 사람은 크리스텔밖에 없었다. 그녀에게 전화를 걸었는데 받질 않는다. 바로 문자메시지를 남겼다. 억만 년 같은 시간이 흐른 뒤 그녀로부터 전화가 왔다. 지금 공항으로 가고 있다며 시간 내에 도착할 수 있을 것 같다고 했다. 데스크 마감 5분 전, 크리스텔이 도미니크와 함께 공항에 도착했다. 시간이 촉박한지라 서둘러 리베르따스를 도미니크의 차로 옮겼다. 크리스텔은 차분하게 나를 도와주었다. 보딩 게이트로 서둘러 가야만 하기에, 다시 만난 그녀와 도미니크에게 고맙다는 말만 남기고 다시 공항 안으로 돌아왔다. 이렇게 해서 나의 분신 리베르따스는 크리스텔의 집으로 가게 되었다.

아쉽지만 다시 와서 만나면 된다고 나를 위로했다. 어쩌면 리베르따스 때문에라도 길 위로 나올 테니, 이 여행은 결코 끝이 아니라고 다독일 수 있어서 오히려 조금 다행이기도 했다. 크리스텔이 내 마지막 호스트가 아니었다면 어찌 되었을까? 리베르따스를 그냥 공항에 버렸을까?

아니, 카우치서핑을 하지 않았다면 또 어찌 되었을까? 내게 일어난 모든 사건들은 역시 일어나야만 하는 일들일까?

집으로 돌아가는 길, 나는 나의 분신인 자유(리베르따스)를 프랑스에 두고 간다. 끝은 아니지만 여행이 일시정지되는 그곳에 자유를 남겨두고 집으로 향한다. 다시 길 위에서의 자유에 목마른 순간이 오면 그때 다시 찾을 수 있도록 하늘이 내게 준 배려일지도 모른다. 그래, 지금까지 그랬던 것처럼 하루하루를 살아가다 보면 언젠가는 그 답을 알게 되는 날이 오겠지. 그렇게 생각하며, '꼭 데리러 올게. 안녕, 리베르따스' 라고 인사한 나는 4년 8개월 만에 집으로 돌아오는 비행기에 몸을 실었다.

　광섭군이 돌아가고, 나 혼자 이곳에 남겨진 후로 얼마나 시간이 지난 걸까?

　지하창고 안은 좁고, 어둡다. 멈춰 서 있는 내 바퀴 휠 사이로 조그만 거미 한 마리가 기어간다. 그를 바라보면서 멍하니 있노라면 파란 하늘 아래를 마음껏 질주하던 때가 마치 꿈이었던 것처럼 느껴진다. 풀향기 나는 바람과 싱그러운 하늘, 발밑에서 튀어오르던 작은 흙먼지들. 달려도 달려도 끝없이 계속되던 세상. 항상 내 곁에서 떠나지 않던 낮은 허밍 소리와 밝은 웃음소리. 수많은 여행자들과, 친구들과, 그 중심에 있었던 나의 파트너.

　그 순간이 꿈이었던 것 같은 생각이 들 때마다 내 몸체를 살펴보곤 한다. 구석구석에 무수히 적혀 있는, 달리면서 만났던 친구들이 적어준 메시지를 확인하며 꿈이 아니었다는 사실을 확인한다. 영화 〈메멘토〉의 주인공처럼.

　광섭군은 다시 돌아올 거라고 했다. 그리고 또다시 우리 둘만의 여행을 계속할 거라고 했었다.

　여행길은 쉽지만은 않았다. 내 기어에 무리가 가는지도 모른 채 기름칠도 안 해주고 흙먼지길을 달리던 순간, 자기 발이 젖을까봐 두 다리를 번쩍 든 채 내 온몸에 흙탕물이 튀기면서 달리던 순간, 눈이 오는 차가운 밤에 자기는 텐트 안에서 자면서 나는 내리는 눈에 온몸이 얼어붙도록 내버려두던, 그러면서도 꼬박꼬박 자물쇠는 채워놓던 그 순간들.

그때는 이를 북북 갈았었는데, 지금 떠올리면 이상한 느낌이 든다. 손잡이가 간지러운 것도 같고, 페달이 허전한 것도 같은 그런 기분. 처음에는 낯설기 짝이 없는 감각이었는데, 어느샌가 그 기분이 점점 커져서 이제는 온몸 전체를 채우고 있다.

이 기분은 대체 뭘까?

혹시 이게 '외롭다'는 걸까? 그렇게 생각하는 순간, 그때 텐트 속에서 울고 있던 광섭군의 모습이 떠올랐다. 지금이라면 왜 그가 그랬는지 이해할 수 있을 것만 같다.

언젠가 광섭군이 말했었다. 볼리비아의 우유니 소금사막에 가고 싶다고. 그 전날엔 꼭 약간의 비가 내려야 한다. 그러면 소금사막에 하늘이 고스란히 비치겠지. 그곳에서 또 새로운 친구들을 만나고, 그들과 함께 추억을 만들고, 이제까지 그랬던 것처럼 그들의 메시지를 내 몸에 새길 것이다.

그래, 우리의 여행은 아직 끝난 게 아니다. 함께 바람을 느끼며, 스쳐 가는 풍경들을 마음에 담고, 지구의 향기를 맡으면서 이 세상을 살아가는 방법을 배우던 아름답고 행복했던 기억들.

나는 오늘도 기다리고 있다. 다시 시작될 우리의 새로운 여행을.

카우치서핑 매뉴얼

≫ 카우치서핑이란 무엇인가?

카우치서핑의 유래는 1999년으로 거슬러 올라간다. 당시 미국 보스턴의 케이지 펜톤(Casey Fenton)이라는 사람이 아이슬란드로 여행을 가기로 결심했다. 그는 여행 경비를 줄여보려고 아이슬란드의 대학생 천오백여 명에게 자신을 재워줄 수 있냐는 메일을 보냈는데, 숙소를 제공해주겠다는 답장을 쉰여 통 이상 받았다. 여행을 끝내고 보스턴으로 돌아오던 그는 이 경험을 바탕으로 카우치서핑 프로젝트를 시작한다. 카우치서핑 사이트는 2003년에 베타 서비스를 시작했고 2004년에 정식으로 오픈했다.

카우치서핑은 잘 곳이 필요한 여행자에게 숙소를 무료로 제공해주는 비영리 커뮤니티 서비스로 시작했지만, 지금은 단지 무료 숙소를 찾는 커뮤니티가 아니라 국제적인 네트워크 구축을 통하여 서로 다른 문화에 대한 이해를 도모하는 공유경제를 기반으로 한 소셜 네트워크이다.

카우치서핑 이용자 수는 전세계적으로 (2012년 5월 기준) 360만 명 이상이며 해당 도시는 8만 곳이 넘는다. 국가별로 살펴보면 미국이 895,887명으로 전체의 21.1%를 차지하고, 그 뒤로 독일(389,141명-9.2%), 프랑스(354,091명-8.3%), 캐나다(171,692명-4.0%), 영국(168,229명-4.0%) 순이다. 우리나라는 25번째로 많은 31,377명, 전체 0.7%이다.

카우치서핑 가입자의 수는 전 세계적으로 계속 증가 중이다. 대한민국도 예외가 아니다.

*웹사이트 설명 시 메뉴는 영어식 표기를 기본으로 하고, 한국어로 번역된 페이지에서 표현되는 번역을 함께 표기하기로 하겠다.

≫ 카우치서핑 시작하기

Step1. 회원 가입
카우치서핑의 웹사이트 주소 www.couchsurfing.org를 인터넷 창에 입력하면 오른쪽 상단

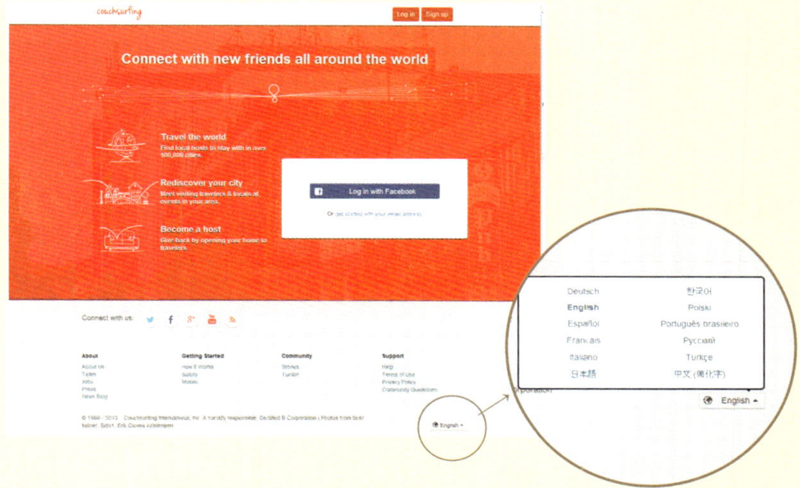

그림과 같은 페이지가 열린다. 보는 바와 같이 카우치서핑 웹사이트는 영어를 기반으로 운영되고 있다. 오른쪽 하단에서 사용언어를 한국어로 설정할 수 있지만, 기본 메뉴만 한글로 표현될 뿐 사용자들이 작성한 내용이나 카우치서핑 본사에서 전하는 메시지들은 영어 상태 그대로 표현된다. 하지만 영어 울렁증이 있다면, 기본 메뉴라도 한글로 바꾸는 게 좀 더 친근하게 느껴질 수 있으니 개인의 실력에 맞게 설정하길 바란다.

회원으로 가입하는 방법은 그리 어렵지 않다. 직접 기본 정보를 입력해서 가입하는 방법(Account setting)과 페이스북 계정을 이용하여 로그인하는 두 가지 방법이 있다. 페이스북은 단순한 SNS를 넘어 개인의 신용을 보증하는 장치로도 사용된다. 페이스북을 통해 본인에 대한 정보를 더 많이 상대방에게 제공할 수 있고, 상대방으로 하여금 자신을 더욱 신용하게 만들 수도 있으니 페이스북 사용자라면 본인의 프로필에 페이스북 주소를 공개하는 것도 좋은 방법이다.

Step2. 프로필 작성

카우치서핑 웹사이트에 가입을 하고 나서 가장 먼저 해야 할 일은 바로 Profile(프로필) 작성이다. 얼마나 성의 있게 작성하느냐에 따라 자신이 원하는 것을 얻을 확률이 높으므로 꼭 시간을 들여 꼼꼼히 작성하기를 추천한다.

couchsurfing   KwangSub ▾ | Home   Find a Couch   Host a Traveler   Discuss   Help

KwangSub Kim

❶ Current Mission: *Around the World by Bicycle!!*

Edit Profile

South Korea
Seoul
Seoul
edit

Show nearby Couches

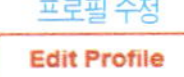

See Friends | See Contact List | Print Profile

❷ Personal Designations

 edit

❸ General Information

	KwangSub Kim has been vouched for
Couch available	No
Couchsurf requests replied to	100%
last login	13 mins ago Seoul, South Korea ...
member since	October 1st, 2010
profile views	1,101
age	32
birthday	2 December Everyone can see this.
gender	Male
membername	OSAVASA
occupation	Traveler, Semi pro Photographer/Writer
education	college
grew up in	Seoul, Korea
	My Website
Skype	osavasa-k-gun
MSN	osavasa@gmail.com
	Direct Profile URL
	Verification History

❹ Languages

Korean Expert
English Intermediate
Japanese Beginner

❺ Groups I Belong To

 Amsterdam Couch Requests
Why: *I need*

 Amsterdam
Why: *for enjoying Life*

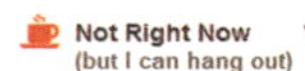 South Korea
Why: *I'm korean!!*

Last minute - SOS - Emergency - Urgent CS requests Den Haag
Why: *I need*

Active in 12 more groups.
Show them all

view group posts

❻ Couch Information

Can you host?

☕ **Not Right Now** ▾
(but I can hang out)
edit

No couch currently available for surfing.

I'm living with my Friend.
So, I couldn't host now.

When I'm ready I'll update my state.

Taj Mahal, India
View all 18 photos
edit photos

❼ Personal Description

Hey! Guys!

My name is KwangSub, Korean Guy who is challenged around the world with bicycle from 2007 to 2012

I was traveling by bicycle : China - Vietnam - Laos - Thailand - Cambodia - Vietnam - Cambodia - Thailand - Malaysia - Singapore - Australia - India - Nepal - Turkey - Bulgaria - Serbia - Netherlands - Belgie - France.

Now, I'm taking a break in S.Korea.

I'll keep cycling around the Europe and than going to South America & North America. I'm not sure how long, I only know, I'll gonna do this more, and It will take at least 3 years more . maybe more than... :) when I'll gonna do this also don't know now.

I like new things : new people, new cultures, new stories, new foods, blabla

If you want to know me more

Please visit my facebook

F.B : facebook.com/osavasa.K.Gun

❶ Mission최근 목표 사용자의 이름 아래에는 Mission(최근 목표)이라는 항목이 있는데, 사용자가 설정해놓은 목표가 표시된다. 필수 작성 항목은 아니다.

❷ Personal Designations개인적인 직위 첫 번째 소파 모양의 아이콘에 X 표시가 되어 있다면 현재 호스팅을 해줄 수 없다는 표시이다. 그 외에 호스팅 가능, 여행 중 등 다른 아이콘들이 본인의 상태에 따라 표시된다. 그 옆에 있는 아이콘은 Vouching System(바우칭 시스템) 상태를 알려준다. 옆의 작은 숫자는 바우처 개수를 표시하고 있는데, 이 바우칭 시스템은 카우치서핑에서 가장 신뢰할 만한 안전장치이다. 이후 카우치서핑의 안전 시스템에 대해 이야기할 때 더 자세히 설명하겠다.

❸ General Infomation기본 정보 여기에 나타나는 정보들은 원활한 카우치서핑을 하는 데 도움이 된다. 카우치 가능 여부, 신뢰할 만한 유저인지에 대한 개인 평가, 주소 식별, 그리고 바우칭 여부 역시 표시된다. 카우치 요청메일에 대한 답장 확률이 높을수록 카우치서핑에 성공할 확률도 높다. 단, 서퍼들이 자주 찾는 인기 도시의 경우에는 호스트가 하루에도 수백 통씩 카우치 요청메일을 받는다. 이 경우 일일이 답장해주기가 어려워서 답장 확률이 낮게 나오기도 하니 도시에 따라 잘 활용해야 하겠다. 최근 로그인 날짜를 확인해서 유령멤버인지, 활동을 열심히 하고 있는 멤버인지 확인해보는 것도 카우치서핑 성공 확률을 높이는 데 도움이 된다. 개인 홈페이지 링크를 연결할 수 있는 페이지가 있는데, 페이스북 유저라면 본인의 페이스북을 걸어두면 좋을 것이다.

❹ Languages언어 말 그대로 사용가능한 언어를 표시해두면 된다. 한국어와 영어 이외에 본인이 구사 가능한 언어를 사용하는 사용자라면 그 나라에 대한 관심도 역시 높을 것이다. 이 역시 잘 활용하면 카우치서핑 성공 확률이 높아진다.

❺ Groups I belong to내가 속한 그룹들 이용자가 가입한 그룹을 보여준다. 그룹에 대한 자세한 설명은 뒤에 따로 언급하겠지만, 이 그룹에서도 공통적 관심사를 찾아볼 수 있다.

❻ Couch Information카우치 정보 숙소 제공 가능 유무는 물론이고 잠자리에 대한 자세한 정보를 보여주는 곳이다. 이용 가능한 잠자리 사진이나 집 안 사진들을 올려놓기도 하고, 며칠간 제공이 가능한지, 잠자리가 있는 공간의 환경은 어떠한지가 나와 있다. 평일, 주말 혹은 시간대별로 어떤 것들을 해줄 수 있는지 등등 작성자가 제공할 수 있는 것들게 대한 전반적인 정보들이 표시된다. 따라서 게스트는 자세히 읽어야 하고, 호스트는 자세히 작성해야 한다.

❼ Personal Description자기 소개 자신에 대해 설명한다. 다른 사람이 관심을 가질 수 있도록 설명하면 된다. 남들과 다른 자신만의 특별한 점을 기술한다면 호스트/게스트로 선택될 확률이 높아질 테니 귀찮더라도 아이디어를 짜내 작성하도록 하자.

⑨ **How I Participate in CS**

visit to host's place
and then let know everybody how it was.

⑩ **Couchsurfing Experience**

It will be published as a book.
If it can be translated in English, You can Check it out.
But I can't sure.

better to check my references :)

⑪ **Interests**

everything in the world.
Generally People.
Specially You!!

⑫ **Philosophy**

be happy Today!

⑬ **Music, Movies, Books**

⑭ **Types of People I enjoy**

Everybody can be my Friend!!

⑮ **Teach, Learn, Share**

Photography & Tango

⑯ **One Amazing Thing I've Seen or Done**

every single moments when I was cycling around the world.

⑰ **Opinion on the Couchsurfing.org Project**

Free counters

⑱ **Locations Traveled**

TRAVELED: Belgium, Bulgaria, Cambodia, China, France, India,
Laos, Malaysia, Nepal, Netherlands, Serbia, Singapore, Thailand,
Turkey, Vietnam
LIVED: Australia, Philippines

see map

⑲ **References (39)**

39 Positive	0 Neutral	0 Negative
28 From Hosts	1 From Surfers	3 Traveling

From Chrystelle Wallet
Senlis, France
May 2, 2012

Positive
I past such a good time with Sub. He is a very easy going person
and I like the way he enjoys life , always positive and lucky !!!
(most of the time ;-))
For me he is like a super hero , travelling all over the world with
his bicycle ...

❽ Friends친구 카우치서핑 사이트 내에서 맺은 친구들이 보이는 곳이다. 카우치서핑 친구가 생긴 다음 다른 도시로 이동했을 때, 친구의 친구라면 좀 더 호스팅이 성공할 확률이 높다. 호스팅이나 서핑을 성공했다면 친구를 맺어두는 게 좋겠다.

❾ How I Participate in CS CS에 참여하게 된 계기 빈 공란으로 두더라도 크게 문제되지는 않지만, 가급적이면 모든 것을 성의 있게 작성하는 게 좋다.

❿ Couchsurfing Experience 카우치서핑 경험 카우치서핑에 대한 경험을 적는 항목이다. 이제 막 신규가입한 경우는 적을 내용이 없을 테니 공란으로 둬도 좋다.

⓫ Interests 관심 분야 공통의 관심사가 있는 친구를 만나는 게 서로 친해지기에 유리하므로 상세히 적자. 물론 새로운 관심사의 친구를 만나보는 것도 좋겠다.

⓬ Philosophy 삶의 철학 자신의 좌우명이나 삶의 철학 등을 적는다.

⓭ Music, Movies, Books 음악, 영화, 책 이 세 가지는 대화의 물꼬를 트기에 좋은 주제들이다. 같은 관심사가 있다면 기억해두고 만났을 때 활용하면 좋다.

⓮ Types of People I Enjoy 내가 좋아하는 사람 유형 만나고 싶은 타입의 사람과 그렇지 않은 사람을 확실하게 표현하는 곳이다. 자신과 맞는 사람인지 확인을 한 뒤에 카우치 요청메일을 보내는 것이 좋다.

⓯ Teach, Learn, Share 가르치고, 배우며, 공유하기 카우치서핑의 정신을 담고 있는 부분이다. 서로를 어떻게 도와줄 수 있을지 고민하고 실제로 활동하게 해주기 때문이다.

⓰ One Amazing Thing I've Seen or Done 내가 보거나 했던 내 생애 최고의 일 일면식 없는 사이인 서로에게 관심을 일으키기에 좋은 대화 주제다. 너무 자세히 적으면 직접 만났을 때 이야깃거리가 부족해질 수 있으니 관심을 가질 수 있을 정도로만 기술하면 좋을 것이다.

⓱ Opinion on the Couchsurfing.org Project 카우치서핑 프로젝트에 대한 의견 카우치서핑을 하는 데 필수적인 항목은 아니지만, 좋은 의견이 있다면 카우치서핑의 발전을 위해 적어주자.

⓲ Locations Traveled 여행한 곳들 자신이 여행한 곳, 여행할 곳, 살았던 곳들이 표시된다. 여행자라면 여행지에 대한 대화를 나누게 되는 것도 당연한 일이다. 머물 곳을 찾기 위해 호스트들의 프로필을 뒤적거리다가 S.Korea(한국)를 보게 된다면 주저 말고 카우치 요청을 날려보자.

⓳ References 참고 카우치서핑 안전장치들보다 더 확실한 안전장치다. 카우치서핑을 통해 교류한 뒤에 후기를 작성하는 곳이기 때문이다. 직접 경험한 사람이 긍정적·보통·부정적으로 평가해주는 곳으로, 긍정적인 평가가 많은 이용자에 대해서는 안심을 할 수 있다. 하지만 부정적인 후기가 있다고 무조건 제외하는 실수를 해서는 안 된다. 부정적긴 후기가 많은 이용자라면 모르지만 한두 개 정도라면 내용을 꼭 읽어 보자. 읽어 보니 부정적일 이유가 아닐 수도 있고, 때론 그런 솔직함이 더 신뢰가 가기도 한다.

프로필은 카우치서핑에서 내게 맞는 호스트/게스트를 선택하게 해주는 가장 중요한 척도다. 이곳에 적힌 글을 100% 신뢰해도 좋다고 할 수는 없지만, 기본적으로 카우치서퍼들은 열린 마음을 갖고 있다. 그렇지 않고서는 누군가를 자신의 집으로 들이기 어렵기 때문이다. 프로필을 잘 읽어보면서 카우치서핑의 참된 의미와 재미를 만끽할 수 있길 바란다.

Step3. 숙소 찾기

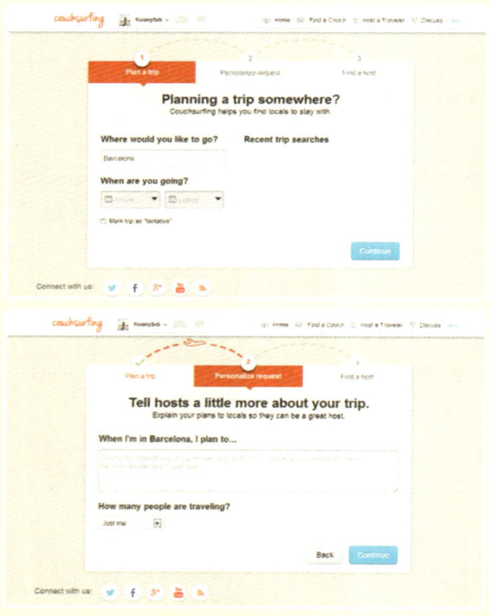

사이트의 오른쪽 상단에 있는 [Find a Couch] 메뉴를 클릭하면 왼쪽과 같은 페이지가 나타난다.

[Where would you like to go] 아래에 있는 입력창에 방문할 도시 이름을 입력하고, 그 아래에는 도착 예정일과 떠날 날짜를 입력한다. 여행 일정이 변경될 가능성이 있다면 아래의 [Mark trip as "tentative"]에 체크하고, [Continue]를 누르면 다음 페이지로 이동한다.

목적지에서 내가 하고 싶은 일들을, 영어 혹은 방문 국가의 언어로 메모 창에 작성한다. 최소 100자 이상의 내용을 입력해야 다음 화면으로 이동이 가능하다. 혼자 하는 여행이 아니라 두 명 이상의 일행이 있다면 아래의 인원 표시 입력 폼에서 선택해주면 된다. 계속해서 [Continue]를 누르면 호스트들의 리스트가 나온다. 오른쪽 상단 그림을 보자.

❶ 구글 지도 목적하는 도시의 규모가 너무 큰 경우, 지도를 이용해서 좀 더 좁은 범위로 한정하여 호스트를 찾을 수 있다.

❷ Find 보여주기 아래 항목 중 하나를 선택한다.

❸ Local 지역 주민 선택한 지역에 살고 있는 멤버들의 리스트.

❹ Travelers to meet 만날 여행객 선택한 지역을 여행하고 있는 멤버들의 리스트.

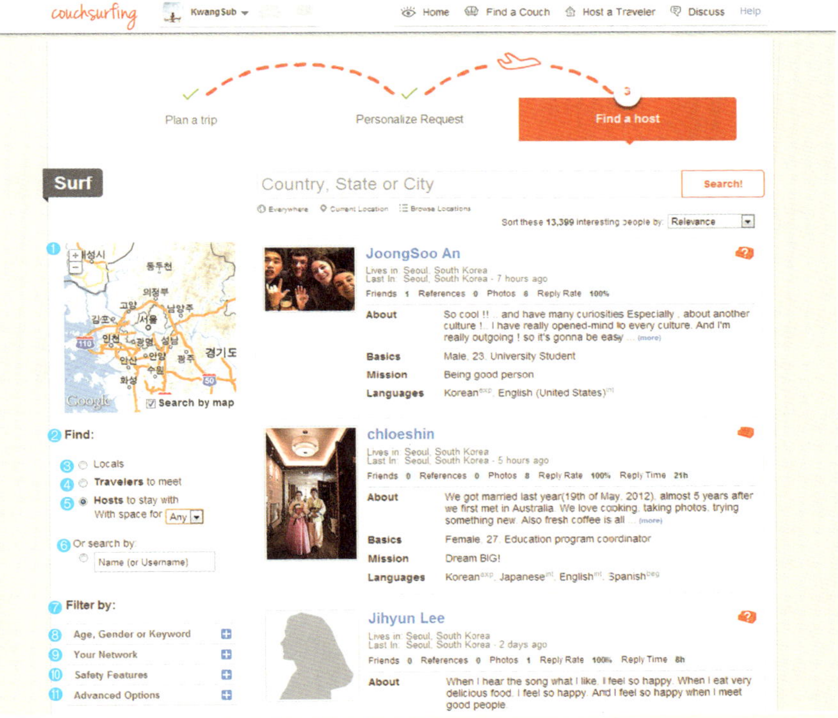

❺ Hosts to stay with space for 여러 명의 게스트를 재워줄 수 있는 호스트의 리스트.

❻ Or Search by혹은 다음으로 검색 특정인 혹은 사용자의 이름으로 걷색이 가능하다.

❼ Filter거름망 필터링을 통해 좀 더 조건에 맞는 멤버들을 찾을 수 있다.

❽ Age, Gender or Keyword연령, 성별 혹은 키워드 연령의 범위, 남, 여, 복수 인원의 성별 구성, 그리고 특정 키워드를 입력해서 검색 범위를 좁힐 수 있다.

❾ Your Network나의 네트워크 나와 연결된 멤버들을 찾아볼 수 있다.

❿ Safety Features안전기능 사진을 공개한 멤버, Verified(주소가 확인된) 멤버, Vouched(보증할 만한) 멤버들만이 리스트에 나타나게 설정할 수 있다.

⑪ Advanced options고급 선택사양 언어, 최근 접속, 흡연 여부, 애완동물에 대한 성향, 아이들과 함께 이용가능 여부, 장애인들을 위해 휠체어로 자택 접근이 가능한지 등을 선택하여 검색하는 것이 가능하다.

★Tip1　아주 작은 도시의 경우에는 카우치서핑을 이용하는 멤버가 적기 때문에, 모든 멤버들의 프로필을 다 확인하고 카우치 요청메일을 보내야 수락메일을 받을 확률이 높다. 허나 파리나 암스테르담 같은 대도시의 경우, 필터링을 하지 않으면 수백 수천 명의 리스트가 나타난다. 그 수많은 멤버들을 알아보고 메일을 보내는 것은 무척이나 비효율적인 일이다. 따라서 호스트를 찾을 때 꼭 이 필터링 기능을 이용하기를 강력하게 추천한다.

무엇보다 가장 유용한 필터링 방법은 고급 선택사양을 이용하는 것이다. 영어는 기본적으로 대부분의 유저들이 사용하는 언어라 필터링에 사용하는 것은 현명한 방법이 아니다. 대신 본인이 구사 가능한 한국어 또는 제2외국어를 입력해보는 것이 좋겠다. 조금이라도 대화가 가능한 호스트를 만날 확률이 높아지기 때문이다. 또한 최근 접속 역시 몇 주 이내 접속한 멤버들의 리스트가 나오도록 설정하자. 최근에 방문하지 않은 멤버의 경우, 카우치 요청메일을 확인할 확률이 낮기 때문이다. 다른 조건들의 경우는 개인의 성향에 맞게 설정해서 이용하면 된다.

★Tip2　안전하게 카우치서핑을 하기 위한 방법에 대한 이야기를 해보자. 사실 생면부지 타인의 집에 가서 하루 이상의 시간을 보낸다는 게 실행에 옮기기 쉬운 일은 아니다. 자기 나라도 아닌 타국에서라면 신변에 대한 걱정도 하게 되는 게 당연하다. 특히 여자들의 경우는 물리적으로 약자이기에 이러한 걱정이 더 클 것이다.

■ Verification System　일종의 신원 확인 인증이다. 신용카드를 이용해 사용자의 정보를 확인하는 방법으로, 이름과 주소를 확인함으로써 사용자의 신뢰성을 높이는 시스템이다. 인증을 받으려면 웹에서 요구하는 양식을 작성한 후 일정 금액을 신용카드로 결제하면 된다. 이때 입력한 집주소로 인증 코드가 적힌 우편메일이 발송된다. 그 후 다시 웹에 접속해서 해당 인증코드를 입력한다. 인증이 완료된 회원은 프로필 오른쪽에 초록색 아이콘 두 개가 나타난다. 무료로 운영되는 카우치서핑의 수입원 중 하나이기도 하다.

■ Vouching System　신원 확인 인증보다 더 믿을만한 장치이다. 신원 확인 인증은 본인이 신청만 하면 얼마든지 받을 수 있지만, 이 바우칭 인증은 타인에 의해서만 얻을 수 있기 때문이다. 기본적으로는 운영진들에게서 받을 수 있다. 또한 바우칭 인증을 3개 이상 받은 멤버 역시 다른 멤버들에게 바우칭 인증을 해줄 수 있다. 바우칭 인증이 있는 멤버라면 신원 확인 인증이 되지 않은 멤버라도 더 신뢰할 만하다.

■ References　호스트/게스트였거나, 함께 여행을 한 뒤에 카우치서핑 사이트 내에서 친구를 맺으면 서로에게 후기를 남겨줄 수 있다. Positive(긍정적), Neutral(보통), Negative(부정적) 3가지로 평가가 가능하고, 상대방이 어떤 사람이었는지, 어떤 경험을 했는지를 적을 수 있다. 여

기 적혀 있는 다른 카우치서퍼들의 후기를 참조한다면 원치 않는 호스트나 게스트를 만날 일은
대체로 없다.

위에 언급한 세 가지 시스템만 잘 활용하면 조금은 더 안전하게 카우치서핑을 이용할 수 있
을 것이다. SNS 서비스를 이용한다면 상대방과 친구를 맺고 SNS의 너용을 확인해보는 것
도 좋다. 이제 막 가입한 멤버라면 모르겠지만, 오래 이용해온 멤버라면 SNS도 그 사람을
신뢰할 수 있는 기반이 된다. 삼 년 동안 하던 페이스북을 오늘 만난 한 명의 여행객 때문에
닫을 사람은 세상에 많지 않기 때문이다.

Step4. 카우치 요청메일 보내기

필터링을 이용해 뽑아낸 리스트에 있는 멤버들의 개인 프로필 페이지를 확인한 뒤, 나의 호
스트가 되길 원하는 멤버가 정해지면 카우치 요청메일을 보내야 한다. 프로필 페이지 오른

쪽의 사진 위에 있는 [Send Couch
Request to 유저네임]을 클릭하면 오
른쪽 아래와 같은 팝업창이 뜬다.

상단 블루박스 안에는 방문 도시에서
몇 명의 멤버에게 카우치 요청메일을
보내야 호스트를 구할 수 있는지에 대
한 설명이 적혀 있다. 이 메시지가 명
시하는 숫자보다 조금 더 많은 멤버들
에게 카우치 요청메일을 보내는 게 성
공 확률이 높지만, 본인에게 주어진
시간이 그리 많지 않다면 최소한 이
숫자만큼은 카우치 요청메일을 보내
는 게 좋다.

방문 예정일과 떠날 예정일을 달력에
서 선택하고, 그 아래 메뉴에서 무엇
을 타고 도착할지를 선택한다.

그리고 오른쪽에 있는 박스 두 개에
메시지를 채워 넣어야 한다. 상단 박
스 안에는 자기소개와 자신의 여행에

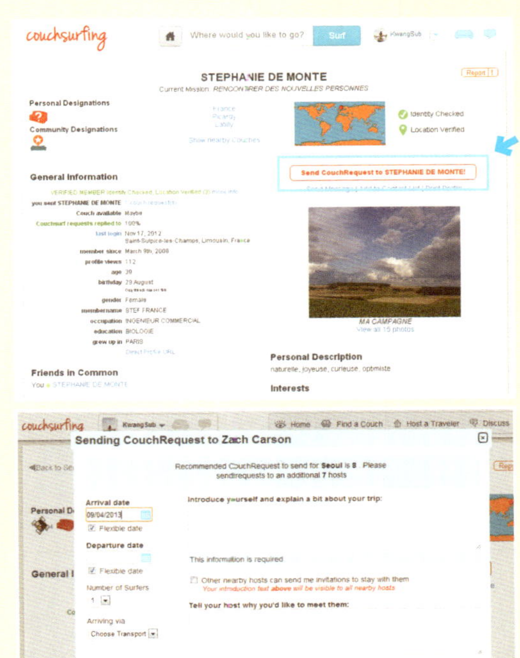

대한 설명을 적는다. 카우치서핑 초기에는 그냥 이메일 보내듯이 아무 내용이나 적어서 호스트에게 보내게 되어 있었는데, 서로 매칭이 잘 되는 호스트-게스트를 연결해주기 위해 관리자들이 계속 진화시켜온 것이다. 케이스 바이 케이스이겠지만 대체로 부실한 내용의 카우치 요청메일은 승낙 메일을 받기 어렵다. 이 부분은 한 번 써놓으면 계속 이용이 가능하기 때문에 투자를 좀 하는 것이 좋다.

바로 아래에는 체크박스가 있다. 여기에 체크하면 게스트를 찾는 서퍼들이 카우치 요청메일을 직접 받지 않아도 해당 정보를 볼 수 있다. 카우치서핑 성공 확률을 높이려면 체크하는 게 좋다. 다만, 원치 않는 호스트로부터 (특히 여자들은) 메일폭탄을 받을 확률도 높아지니 기억해두자.

두 번째 박스에는, 내가 왜 해당 호스트와 만나고 싶은지에 대한 내용을 적는다. 과거 이 방식이 있기 전에는 호스트를 찾는 것이 귀찮았던 사용자들이 시간을 단축하고자 무차별적으로 하나의 메시지를 복사하여 수십 명에게 보내곤 했다. 단지 하룻밤 머물 곳을 찾는 사람이나, 호스트의 프로필조차 확인도 안 하고 오는 무례한 게스트들을 불편해하던 유저들이 요청해서 바뀐 부분이다. 호스트로부터 환영의 메시지를 받고 싶다면 상대의 프로필 내용을 바탕으로 이유를 적어서 보내주는 것이 좋다.

Step5. 호스트와 약속 정하기

카우치 요청메일을 보낸 후 호스트로부터 수락메일이 오면 호스트와 약속을 정해야 한다. 도착 예정시간을 체크해 어디에서 만나는 게 좋을지를 정하거나 혹은 집 주소를 알아야 한다. 여행 중에 항상 인터넷에 접속할 수 있는 건 아니니 연락 가능한 전화번호를 받아두는 게 무엇보다 중요하다. 호스트의 집에 방문할 날짜가 수락메일을 받은 후로 꽤 멀리 떨어져 있다면 중간 중간에 안부 메시지라도 주고받으면서 계속 관계를 이어두는 것이 좋다. 호스트가 깜빡하고 다른 게스트를 받을 수도 있고, 갑자기 호스트의 사정상 호스팅을 못 해줄 수도 있기 때문이다. 특히 약속 전날과 당일은 꼭 연락을 해서 확인하는 게 좋다.

Step6. 레퍼런스(후기) 남기기

카우치 요청메일을 보낼 때 설정해둔 본인의 여행 스케줄에 따라 호스트와의 카우치서핑이 완료되고 나면 후기를 남길 수 있게 된다. 느낀 점들을 솔직하게 적으면 된다. 작성된 후기는 수정이 가능하지만, 긍정/보통/부정이라는 선택지는 수정이 불가능하다. 행여나 나쁜 경험을 했다면 다른 피해자를 막기 위해 솔직하게 그 내용을 적고 부정적이라고 표시해주는 게 맞다. 다만, 그 나쁜 경험이 본인의 오해나 문화 차이일 수도 있으니 심사숙고하자.

Step7. 호스트 해보기

시간적 혹은 경제적 여유가 안 되서, 아니면 해외여행 울렁증 때문에 한국땅 밖에서 카우치서핑을 이용할 수 없다면 국내에서 카우치서핑을 해보자. 카우치서핑을 이용하면 우리 동네로 여행 오는 외국인을 집으로 초대할 수도 있다.

웹사이트 상단 메뉴에 있는 [Host a Traveler]를 클릭하면 오른쪽 그림과 같은 화면이 나온다. 자신의 카우치 상태가 표시되고, 그아래 카우치에 대해 본인이 작성해둔 설명이 나타난다. 혹시 자신의 카우치 상태표시가 그림처럼 [Not Right Now(지금은 안 됨)]이라면, 클릭해서 상태를 바꾸어 주자. 카우치에 대한 설명 중 바꿀 내용이 있다면 이곳에서 [edit Couch Information]를 눌러서 계정으로 돌아가 수정이 가능하다.

계속해서 도시와 날짜를 정하고 [Search(찾기)]를 클릭하면 본인이 설정한 도시로 여행 온 사람들, 혹은 올 예정이 있는 여행자들의 리스트로 이동한다. 역시 필터링이 가능하다.

기본 레이아웃은 호스트를 찾을 때와 같다. 개인의 성향에 따라 필터링 시스템을 이용해서 본인이 호스팅하고 싶은 게스트를 찾으면 된다. 위에서 언급한 '카우치 요청메일 보내기'에서

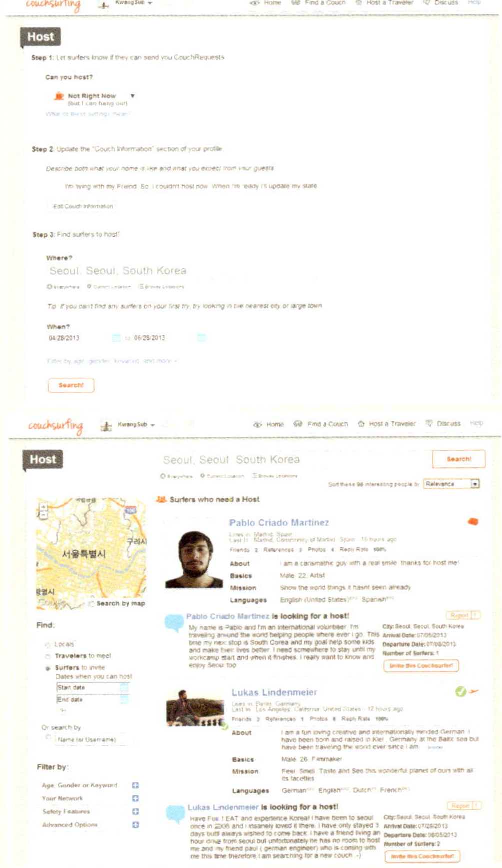

다른 멤버들에게 호스트를 찾고 있다는 내용을 노출하는 것에 동의한 멤버들이 이 리스트에 나타난다.

리스트에는 게스트가 될 멤버들의 기본 정보와 함께 멤버가 카우치 요청을 하면서 작성한 자기소개서와 방문예정기간 등이 표시된다. 이들 중 호스팅하고 싶은 멤버를 찾았다면 수락 요청 글을 상대방에게 보내고 서로 약속을 정하고 연락처를 교환하여 만나면 된다.

호스팅을 하기 위해서는 자신의 카우치 상태를 호스팅 가능한 상태로 표시해두어야 한다. 그리고 프로필 난에 자신의 카우치에 대한 정보와 집 안에 대한 간략한 소개도 해두는 게 좋다. 특히, 게스트가 꼭 알아야만 할 내용을 미리 프로필에 남겨두면 서로 오해할 소지도 적고 시간 낭비할 일도 없을 것이다. 예를 들어 집에 온수 이용이 불가능하거나, 애완동물을 기르거나, 매트와 침낭을 제공해줄 수 없다거나 등 최대한 자세히 설명할수록 좋다.

행여나 집에 들인 게스트가 맘에 들지 않는다면 정중하게 나가달라고 요청하면 된다. 재워 주기로 약속했다는 이유 하나만으로 불편한 게스트를 계속 집에 둘 이유는 없다. 단, 그저 개인의 변덕으로 그랬다가는 본인의 후기 페이지에 부정적인 글이 하나 생길 거라는 사실을 잊진 말자.

<u>Step8. 그룹 이용하기</u>

카우치서핑에는 한국 포털 사이트의 카페와 비슷한 개념의 '그룹'이란 메뉴가 있다. 웹사이트 상단에 있는 메뉴 중 [Discuss]를 누르면 바로 그룹 페이지로 이동된다.

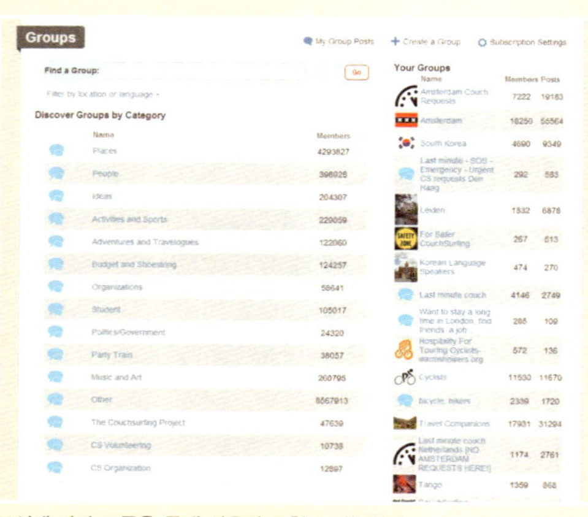

도시에 따라 그룹을 통해 카우치 요청도 가능하다

카테고리에 나와 있는 것처럼 지역별 그룹도 있고, 취미나 공부 등 다양한 종류의 그룹들이 개설되어 있다. 또 개인의 목적에 따라 새로운 그룹도 얼마든지 개설이 가능하다. 여행자들에겐 여행 가이드북이 가장 훌륭한 가이드일 테지만, 책에는 가장 기본적인 내용들이 담겨 있을 뿐이다. 그 도시에 사는 이들만 아는 명소라든가, 급하게 구할 물건이 있는데 어디서 파는지 알 수 없을 때에 이 그룹을 이용하면 때때로 원하는 답을 얻을 수 있다. 자신의 취미와 관련된 오프라인 모임도 이곳에서 심심찮게 만날 수 있다. 국내에서도 이 그룹을 이용해 국내에 거주 중인 외국인들과 네트워크를 형성할 수 있다. 카우치서핑은 단순히 여행자들에게 잠잘 곳을 무료로 제공하는 서비스가 아니다. 사람과 사람이 더 나은 가치를 함께 만들어 갈 수 있는 세계적인 도구다.

Step9. 이벤트로 더 신나게 놀아보자

카우치서핑에 로그인하고 처음에 나오는 메인페이지를 보면 내가 설정한 도시의 이벤트들이 보인다. 이 이벤트는 카우치서퍼들이 자유롭게 올리는 번개 같은 것이다. 개개인의 목적에 따라 다양한 이벤트들이 수시로 올라온다. 함께 방문한 도시를 탐험할 여행 친구를 찾기도 하고, 우리 동네를 무료로 안내해 주겠다는 친구의 글도 만날 수 있다. 주말에 함께 스포츠를 즐길 동료를 구하기도 하고, 함께 즐거운 파티를 하자는 글도 올라온다.

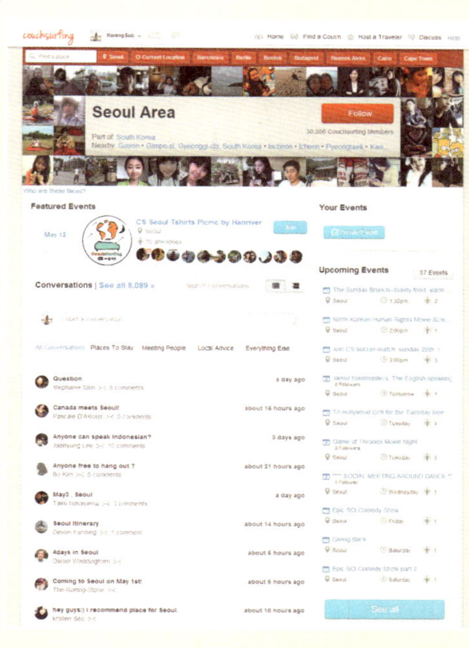

방문한 도시에서 호스트를 만나지 못했다고 실망하지 말고, 기회가 있다면 이 이벤트에 참여해 보는 것도 좋다. 운이 좋으면 그곳에서 호스트를 구할 수도 있다. 때로는 다음 목적지에 있는 자신의 친구를 소개시켜주기도 한다. 세계 각지에서 온 친구들과 함께 어울려 볼 수도 있고, 그러다 어느 날 그 친구의 도시에 방문하게 되었을 때 좀 더 쉽게 흐스트를 구할 수도 있다. 국내에서도 마찬가지이다. 다만, 개인적으로 조금 아쉬운 점은 아직 한국인들끼리는 카우치서핑을 통해 친해지지 않고 있다는 점이다. 아마도 우리에게 이미 수많은 카페들과 SNS가 있기 때문일 것이다. 네덜란드에서 만난 친구들은 같은 나라 안에서 다른 도시로 이동할 때도 카우치서핑을 이용하곤 했다. 국내에서도 카우치서핑을 통해 이곳저곳을 오갈 수 있기를 기대한다.

작가의 말

4년 8개월이라는 시간 동안 자전거와 함께 여행했지만 내 경험을 책으로 내고 싶지는 않았습니다. 내가 글을 쓸 정도의 사람이 아니라고 생각했고, 자신의 경험을 보란 듯이 써내려가는 것도 너무 부끄러웠기 때문입니다. 그럼에도 불구하고 이렇게 글을 쓴 이유는, 각박해져만 가는 요즘 세상에 전혀 알지도 못하는 타인의 집에 가거나 타인을 집으로 초대하는 여행법이 존재한다는 사실을 알려주고 싶었기 때문입니다.

사람 냄새가 폴폴 나는 글이 되길 바라면서 에피소드들을 하나 하나 적어내려가다 보니 그때 그 길 위에 내가 다시 서 있었고, 나란 사람이 가진 향기가 어렴풋이 느껴지기 시작했습니다. 누구나 길 위에서 한번쯤 겪었을 흔한 이야기일지도 모르겠지만 삶이란 게 소소한 것들의 모임이듯이, 내가 겪은 에피소드들의 향기가 부디 정겹고 익숙하게 다가갈 수 있기를 희망해 봅니다.

카우치서핑 친구들과 길 위에서 만난 인연들, 언제나 든든하게 날 지원해준 나의 가족과 친구 그리고 지인들, 모두 너무나 감사합니다. 그리고 너무나도 그리운 나의 어머니, 아버지. 사랑합니다.

부족한 글솜씨로 적어 내려가는 글이라 부끄럽지만, 가능한 한 내가 느낀 마음들이 고스란히 담길 수 있도록 고민을 거듭했으니 너그럽고 편한 마음으로 읽어주시길 부탁드립니다.

하늘 냄새를 닮고 싶은 오사바사한 광섭군